CB136595

HISTÓRIAS BRASILEIRAS

Cyro de Mattos

HISTÓRIAS BRASILEIRAS

MAZZA edições

Histórias Brasileiras
© 2023 Cyro de Mattos

Todos os direitos reservados

Capa
Túlio Oliveira

Revisão
Ana Emília de Carvalho

Dados Internacionais de Catalogação na Publicação (CIP)
(Câmara Brasileira do Livro, SP, Brasil)

Mattos, Cyro de
Histórias brasileiras / Cyro de Mattos. - Belo Horizonte, MG : Mazza Edições, 2023.

ISBN 978-65-5749-080-8

1. Cultura indígena 2. Diversidade social 3. Ficção brasileira 4. Literatura brasileira 5. Negros 6. Pluralismo I. Título.

23-171516 CDD-B869

Índices para catálogo sistemático:

1. Literatura brasileira B869

Aline Graziele Benitez - Bibliotecária - CRB-1/3129

Mazza Edições
Rua Bragança, 101 - Bairro Pompeia
30280-410 Belo Horizonte/MG
Tel.: (31) 3481-0591
pedidos@mazzaedicoes.com.br • www.mazzaedicoes.com.br

Dedico
a essa gente sofrida, o negro e o indígena,
este massacrado na fuga em grito com a flecha
quebrada até o último gemido, aquele outro
arrancado da África pelo ferro do vilão impiedoso
para transbordar na vala uma mancha soberba
que envergonha as terras brasileiras.

SUMÁRIO

As múltiplas vozes que ecoam nas Histórias Brasileiras de Cyro de Mattos

O autor baiano Cyro de Mattos (Itabuna, 1939) entrega à experiência de leitura Histórias Brasileiras que poderiam entender-se convencionalmente como um conjunto de contos breves com protagonistas caracteristicamente nacionais; mas, indo além, o título aponta para a possibilidade de se pensar na História do Brasil e na necessária pluralidade que a memória do país carrega.

O historiador judeu alemão Walter Benjamin, em suas teses sobre o Conceito de História, afirma que "o passado traz consigo um índice misterioso, que o impele à redenção", e fala do "encontro secreto, marcado entre as gerações precedentes e a nossa. Alguém na terra está à nossa espera". Na tese VI, ele é mais enfático: "O dom de despertar no passado as centelhas da esperança é privilégio exclusivo do historiador convencido de que também os mortos não estarão em segurança se o inimigo vencer. E esse inimigo não tem cessado de vencer"[1].

---

[1] Teses II e VI de Walter Benjamin, na tradução de Sérgio Paulo Rouanet. Em: BENJAMIN, Walter. *Magia e técnica, arte e política*. Ensaios sobre literatura e história da cultura. Prefácio de Jeanne Marie Gagnebin. São Paulo: Brasiliense, 1987. Obras escolhidas, v. 1.

Cyro de Mattos compartilha dessa reflexão sobre os vínculos com o passado e a necessidade de intervir nele. Em dois relatos paralelos, "Tratado de Paz" e "Inocência sem Flor", denuncia a dívida que o Brasil colonial tem com o negro e com o indígena, "que de tão grande nas léguas da desgraça tornou-se impagável". Nesses dois textos, como em um eco, de forma marcadamente poética, Cyro afirma: "Escuto vozes que rolam dos longes nesses rastros da desgraça".

Em todo o livro, o autor coloca em cena essas vozes, com diversos procedimentos ficcionais que estruturam os contos e as põem em relevo: às vezes, em primeira pessoa, como no caso da liderança indígena Kinani, a quem o narrador entrevista, ou no amargo depoimento de Mimiqui; em outros relatos é a terceira pessoa que retrata com respeito e afeto suas personagens, como a Vovó Maria da Guiné, que traz os saberes e as tradições afro-brasileiras, de quem o narrador afirma: "É uma criatura que faz a gente pensar com sua estranheza. E admirar por sua sabedoria, uma beleza tão dela".

Essa personagem e outras, como o caçador Guinó, trazem na memória as marcas da escravidão. E essas marcas persistem até o presente, no descaso, no desprezo, na marginalidade a que assistimos, com impotência, nas histórias de Sabina, de Damiana e do médico inominado de "Noites Turvas", de Mimiqui, de Camacã e das meninas abusadas em "Inocência sem Flor". Cyro de Mattos, como pedia Benjamin, traça esses elos entre o passado e o presente que reclamam nosso engajamento. Ele não se furta aos apelos do passado, ele responde com a força da ficção e, em um dos relatos, coloca o narrador a bordo de um navio negreiro: "Numa nau chamada imaginária embarco no seco por esses rastros da desgraça. É funda a ferida, amargo o ferrão, ardido o sal, aguda a solidão. É sempre uma viagem em rotação desalmada que essa nau empreende com porões abarrotados de fedor e sujeira".

As Histórias Brasileiras que Cyro de Mattos imagina são aquelas que não constam nos livros de História, pois seus protagonistas sofreram e sofrem a discriminação. Esse interesse pelas Histórias, em plural, mostra-se claramente em dois relatos que se aproximam à forma de documentos históricos. O autor mostra como as técnicas da fabulação se aplicam à história colonial e à parcialidade de quem a escreve. Sempre solidário com os vencidos, o autor reclama olhar para o passado e o presente do seu ponto de vista, escutar as suas vozes, aprender com admiração de suas formas de vida. Em um dos contos, como quem cruza com um espelho, a personagem do narrador traz a imagem da atenta escuta do escritor: "Os outros meninos ficaram sorrindo com o que acabava de contar o mais franzino da turma, aquele pixote que um dia ia se tornar escritor para narrar histórias de gente grande e pequena acontecida na região com suas vilas e cidades, que iam surgindo da derrubada das matas".

Esse é o espaço que as Histórias Brasileiras constroem, ao sul do Estado da Bahia. Um mundo em formação, com vilas que crescem e caminhos que se abrem, em meio da mata. Destaca o esplendor dessa natureza, habitada por uma grande diversidade de animais, árvores e personagens que lutam diariamente pela sua sobrevivência e a do seu entorno, todo um mundo animado que o narrador abraça: "Reconheço, de corpo e alma, sou porção da natureza".

Em suas Histórias Brasileiras, Cyro de Mattos consegue exprimir esse âmbito social em diferentes momentos do século XX, até chegar aos dias atuais. Dessa maneira, quem lê pode aproximar-se de uma transformação de grandes dimensões, mas que não deixa de mostrar as feridas e injustiças sofridas. E junto com a força da ficção, as Histórias Brasileiras carregam uma grande força poética, com cadência e ritmo próprios, que convida à leitura da extensa produção poética do autor, recolhida no livro *Canto até hoje*, de 2020. Com mais de sessenta livros publicados em diversos gêneros, amplamente traduzidos, Cyro de Mattos constitui-se como uma voz destacada da literatura brasileira contemporânea.

Meritxel Hernando Marsal
Professora Doutora (UFSC)

HISTÓRIAS DO NEGRO

O Negro e Sua Negra

Ficava na rua do comércio quando não estava fazendo faxina em alguma pensão ou casa de família. Falava coisas sem sentido pela boca sem dentes. Os cabelos assanhados, o rosto de rugas formando uma careta enquanto falava aos borbotões. Vestida numa camisa de mangas compridas por cima do vestido velho. De tão grande e folgada, a camisa de algodão passava da barriga, ia até os joelhos, puída de tanto ser vestida. Permanecia horas no passeio de loja ou armazém, misturando as coisas, xingando o delegado, ameaçando Deus e o mundo. Quando cansava, soltava do peito fortes gemidos. No auge da crise, suspendia a saia suja com a camisa grande. Mostrava as partes íntimas do corpo, ali embaixo o tufo de cabelos pretos, entre as pernas magras e arqueadas. A figura grotesca metia medo aos meninos, que não passavam perto.

Às vezes, aparecia com a trouxa de roupa na cabeça. Descia o barranco do rio, juntando-se às outras lavadeiras, nas imediações da ilha. Lavava, esfregava, torcia. Ensaboava, batia com a roupa na pedra. E cantava uma cantiga moída e remoída com a sua voz triste. As outras lavadeiras ouviam em silêncio o que ela cantava, falando de coisas sentidas nas águas do rio da vida:

Ó água, água, água,
Torce e escorre
Toda minha mágoa.
Ó água, água, água,
Leva logo pro mar
Essa vida amarga.

Trabalhava nos serviços caseiros quando não estava atacada por aquelas coisas que nas crises ora batiam nos dentes, ora na cabeça, trazendo lembranças do tempo que feria sem dó. Cortavam como faca o coração, que em pedaços queria sair pela boca. Não tinha medo de qualquer trabalho caseiro. Varria os cômodos, lavava o pátio, limpava o quintal com a enxada. Com o dinheiro que ganhava ia passando a vida. Morava num barraco do bairro mais pobre da cidade, no outro lado do rio. Comentava-se que ela havia ficado adoidada depois que o marido apareceu enforcado na cadeia, dizem que a mando do delegado Procópio.

O negro Sinfrônio Barbadura chegou por essas bandas do Japará quando isso aqui era ainda um lugarejo, com pouca gente e algumas ruas de chão batido nas proximidades do rio. Se muito tinha o lugarejo eram umas 525 casas. A mata fechada na vizinhança, com indígenas, pássaros grandes, macacos, escuridões. Soube dos que voltavam para a caatinga que isso aqui era terra de bandidos, onça e cobra, léguas onde Satanás reinava. Das muitas informações colhidas daquela gente desiludida, fixou-se em alguns detalhes e concluiu que aquelas brenhas do Japará não eram o paraíso, mas um lugar para ficar rico porque chovia muito, a terra tinha fama de que era boa para o plantio de lavouras permanentes ou de pouca duração. Para não se falar nas matas cobertas de árvores frondosas com madeira-de-lei.

Chegou acompanhado de Sabina Pequena, uma negra ainda jovem. Foram morar primeiro numa cabana de pescador abandonada na ilha, no meio do rio. Depois ele se apossou de um estirão de mata nas Salteadas, lugar que tinha esse nome porque por lá passava um ribeirão forte com muitos trechos encachoeirados. Ergueu uma casa de taipa na clareira aberta com as árvores que derrubou a golpes de machado. Plantou roça de milho e mandioca em poucas semanas. Sabina cuidava de fazer a comida no fogão a lenha, aproveitando a caça fresca e o peixe pescado no ribeirão ali perto da tapera.

Eles viajaram de navio dois dias para chegar a essas terras do Japará. E ainda tiveram de caminhar alguns dias no meio do mato para chegar até aqui ao lugarejo. Caminharam através das picadas feitas pelos caçadores. Protegeram-se da chuva no oco grande de uma sapucaia. Dormiram nas redes que armavam entre dois pés de pau. Passaram a noite junto da fogueira feita com galhos de pau-brasil e jacarandá. Enquanto ela dormia, ficava acordado, vigiando com a repetição engatilhada. Às vezes, alimentava a fogueira para que não apagasse com galhos e folhas secas. Revezavam-se durante a noite escura e quieta. Acordavam com o grito dos macacos nos galhos altos, os cantos das inhumas, sabiás, macucos, mutuns, arapongas e outras aves. Comiam carne salgada com farinha seca quando paravam para descansar da viagem pelo meio do mato fechado. Matavam a sede bebendo na folha larga a água de ribeirão, que corria escuro dentro da mata impenetrável.

Ela causou espanto a quem viu quando apareceu no lugarejo com ele pela primeira vez. Vestia calça e camisa de homem, mas era uma mulher, disso ninguém duvidava. Tinha os cabelos crespos, a pele preta como a dele, os lábios carnudos, o nariz grosso. Os seios grandes apertados por baixo da camisa de algodão. Mulher naquele tempo era coisa rara por essas bandas do Japará. Os caçadores pegavam indígenas no mato a dente de cachorro. Trocava-se na feira aquela mulherzinha quase nua por um pedaço de mata derrubada, já com alguma plantação de milho, mandioca, banana e cacau.

Passaram meses naquela vida de trabalho e solidão no meio da mata. Faltavam-lhes roupas, sal, sabão, munição e ferramenta de trabalho. Ele teve a ideia de matar e moquear muitas caças, trazendo para o lugarejo onde pensava em vender ou trocar pelas coisas de que necessitava. Qual não foi a surpresa quando percorreu as ruas do lugarejo e a ninguém interessou aquelas caças moqueadas, alegando os moradores que, diariamente, os caçadores das matas vizinhas vendiam caças frescas a preço muito barato.

As caças pesaram 56 quilos na balança do vendeiro Laureano, tipo avermelhado que tinha o cabelo e o bigode cor de piaçava. Da quantia adquirida com a venda das caças, comprou outra repetição, bala, um punhal, um saco de sal grosso, dois facões com bainha, um machado, pólvora, espoleta, chumbo, uma lata de querosene, vinte caixas de fósforo, duas calças de mescla azul e duas camisas grandes de mangas compridas. E mais coisas miúdas comprou no armazém de Paulino Cotó, um que ficou sem a mão esquerda, depois de brigar e matar com o facão a onça parida nas matas dos Mutuns. O burro que havia comprado ao cigano transportou a carga com as coisas que adquiriu no lugarejo.

Vinha com Sabina vender na feira do lugarejo, aos sábados, caças moqueadas com sal, tudo que a terra lhe rendia, além de porco e galinhas. Nessa época já era dono de dois burros e de uma mula alta. Os anos passaram, as picadas abertas na mata pelos caçadores foram transformadas em estradas estreitas para passagem de gente e pisoteio de animais. O lugarejo cresceu. Virou um formigueiro de gente, que veio para essas léguas de cá quando a seca inclemente durou mais de ano nas terras de Sergipe e Alagoas.

Ele chegou a comprar duas barracas na feira. Numa delas vendia feijão, farinha e milho. Na outra Sabina vendia verduras, galinha, peru, pato e ovos. Quem o conheceu via que o negro Sinfrônio Barbadura era um homem disposto para derrubar árvore grande e lavrar a terra. De cara sempre fechada andava aquele negro forte, alto, as mãos calosas. Quem a conheceu, viu que a preta Sabina era uma mulher que nada temia com o seu homem na vida hostil lá no meio da mata.

Teve um dia que ela correu para dentro da tapera com medo de ser comida pela onça-pintada, que já havia feito um estrago no terreiro, matando os porcos e as galinhas. A onça esturrava no terreiro, andava ao redor da tapera, forçava a porta travada com a tranca de ferro. Até que o negro Sinfrônio Barbadura apareceu pelo entardecer e com dois tiros de repetição, que acertaram na testa, matou a onça ali mesmo junto da porta.

Ele chegou a ficar alguns anos derrubando as árvores nativas para o plantio de cacau. Ela o ajudava a limpar o terreno, abria com a ponta do facão as covas para que ele jogasse as sementes dentro. Ele chegou a colher 200 arrobas de cacau no ano e ainda tinha várias roças com plantações novas, entremeadas com bananeiras. Certamente dobrariam a produção dali a uns quatro anos. A vida era dura para os dois, mas iam levando-a com trabalho e coragem, não se queixando de nada. Não tiveram filho, mas falavam em morar um dia no lugarejo, que havia crescido muito nos últimos anos e se apresentava a cada mês com os ares de uma cidadezinha progressista.

Aconteceu que, nos idos de 1915, dois soldados bêbados quiseram desarmá-lo na feira, dando ordem para que entregasse o revólver. Resistiu, brigou com os soldados, mas foi preso e teve as mãos amarradas. Lá na cadeia, os soldados espancaram-no. Ficou num quarto escuro, sem comida e água. Quando foi solto dias depois, jurou se vingar da surra, humilhações e maus-tratos que recebeu nos dias em que permaneceu na cadeia, incomunicável.

Um dia teve notícia de que os dois soldados estavam em Ferradas, fazendo diligência para capturar um bandido perigoso. O assassino havia matado o médico Lucas Veiga no lugarejo em pleno dia, a mando de um fazendeiro abastado, que se julgava traído pela mulher. Ele tocaiou os soldados na curva da estrada. Acertou um deles no peito com tiros de repetição, o outro foi ferido na perna e no braço. Quando o soldado ferido reconheceu quem era o executante da tocaia, arregalou uns olhos de medo, ficou tremendo no corpo todo. Disse: "Seu Sinfrônio, eu não queria lhe render nem bater naquele dia. Foi o outro soldado que me forçou a fazer aquilo. Tenha piedade de mim." Ele sabia que o soldado havia gasto todas as balas durante a troca de tiros na tocaia. Tirou um cigarro do bolso, acendeu e fumou sem pressa. Quando acabou de fumar, pegou o punhal e bradou: "Prepare-se, seu peste, pra engolir este doce!" O punhal entrou até o cabo na goela do soldado, que ficou com a língua de fora, os olhos esbugalhados querendo cair ali mesmo na estrada.

O delegado Procópio, um amarelinho que havia feito parte da volante que matou Lampião e seu grupo de cangaceiros na caatinga, comandou os vinte soldados que partiram num dia chuvoso para as matas das Salteadas. A ordem do delegado era para trazer preso ou morto o negro Sinfrônio Barbadura. Demorou horas o tiroteio cerrado entre o delegado com os soldados, de um lado, e o negro Sinfrônio Barbadura, do outro. A certa altura da refrega, ele correu para se proteger atrás de uma jaqueira nos fundos da tapera. Ainda quis fugir para a mata, mas foi atingido com uma bala de fuzil, que lhe estourou o osso da perna. Não havia como ele escapar daquele cerco armado pelo delegado com os soldados. Até que ele, então, foi atingido com outra bala de fuzil, que penetrou no braço e foi sair no ombro. Foi preso e amarrado como um bicho perigoso. Sabina assistiu a tudo escondida por trás de uma moita de goiabeiras.

No outro dia, foi encontrado enforcado na cadeia. Dizem que foi o delegado Procópio que mandou fazer aquilo para vingar as mortes dos dois soldados. Ninguém soube explicar como de repente a fazendinha nas Salteadas, com as lavouras que foram plantadas pelo negro Sinfrônio Barbadura e a negra Sabina Pequena, foi parar nas mãos do delegado Procópio. O resto do que aconteceu ficou aí grudado na negra Sabina Pequena, pesando no corpo e na alma dela com tudo que não presta nessa vida impiedosa.

Como disse no início, muita gente soube ou viu aquelas cenas dela quando não estava fazendo faxina em alguma pensão ou casa de família. Ficava em algum passeio de loja ou armazém na rua do comércio, falando coisas sem sentido pela boca sem dentes. Os cabelos assanhados, o rosto de rugas formando uma careta enquanto falava aos borbotões. Vestida numa camisa de mangas compridas por cima do vestido velho. De tão grande e folgada, a camisa de algodão passava da barriga, ia até os joelhos, puída de tanto ser vestida. Permanecia horas no passeio, misturando as coisas, xingando o delegado, ameaçando Deus e o mundo. Quando cansava, soltava do peito fortes gemidos. No auge da crise, suspendia o vestido emporcalhado com a camisa grande. Mostrava as partes íntimas do corpo, ali embaixo com o tufo de cabelos pretos, entre as pernas magras e arqueadas. A figura grotesca metia medo aos meninos, que não passavam perto.

Coisas da Vovó

Sexta e sábado são os dias que Vovó Maria da Guiné atende os clientes em sua tenda. Dentro da tenda há cantos e palmas saudando a chegada de Vovó Maria da Guiné, que fala a língua dos negros africanos. Entre um gole de jurubeba e umas baforadas no cachimbo, ela dá os primeiros passes no homem de olhos esbugalhados, rosto zangado, cabelos assanhados. Ele diz a todo instante que vai comer assado o coração da mulher. Ela não quer fazer nada em casa, só quer assistir a novelas na televisão com cenas eróticas, exigir vestidos caros e comidas finas. Vovó Maria da Guiné começa a cantar, numa voz mansa e baixa:

Chega vovó, chega vovó
Com seu patuá, cachimbo e pó.
Chega vovó, chega vovó
Com sua figa e fé maior.
Chega vovó, chega vovó,
Escorraça esprito brabo
E no mal dá um nó.

E todos rezam um Pai-Nosso quando sai um bicho medonho do corpo do homem, dando urros e fazendo a tenda balançar. O bicho sai pela porta dos fundos. O homem que chegara à tenda cheio de raiva, com vontade de matar sua mulher, ajoelha-se e começa a pedir perdão a Deus por seus pensamentos cruéis contra a querida esposa. Pede a bênção à Vovó Maria da Guiné, dizendo a seguir que a criatura que ele mais ama neste mundo é a sua mulher, não importam os defeitos que ela tenha.

Filha de escravos, Vovó Maria da Guiné não é deste século XX. Não guardou na memória quando foi que nasceu. Dizem que ela nasceu antes da promulgação da Lei Áurea. Os mais falazes acreditam que foi em janeiro de 1860. O registro do batistério, único documento que teve durante a sua vida, não resistiu ao tempo. Foi tirar outro, não havia qualquer anotação sobre o seu nascimento no livro que registrava os batizados. Pessoas insistentes querem saber quantos anos Vovó Maria da Guiné realmente tem, ela responde que nunca se preocupou com a sua idade. Tem vivido até aqui com o pouco, mas continuado, isso é o que lhe basta. Na voz cadenciada, ela, então, canta:

Tempo não engana tempo,
Tempo não vai me enganar,
Tempo ao tempo dá tempo
Ao Tempo vai me levar.

Conta que, quando tinha 20 anos de idade, foi viver na fazenda Rio Comprido, que pertenceu primeiro ao coronel Davino Alves. "Dá duro, seu moço, era a sina de preto naqueles tempos." Ali na fazenda do coronel Davino Alves aprendeu o ofício de rezadeira. Rezava com galhos de arruda para retirar do infeliz a doença braba ou o espírito maligno, que tem liga com o diabo. Depois de rezar, baforava no cachimbo de barro e soprava a fumaça no corpo do doente possuído do espírito maligno. Curava qualquer tipo de doença com a força que lhe davam as orações. Até mesmo no caso de doença dada como incurável pelo doutor, daquela que avança, come as carnes e já se diz que o doente está com o pé na cova.

Foi se inteirando nos conhecimentos de velhas rezadeiras de sua raça na fazenda Rio Comprido. Aprendeu orações e cantos para cada tipo de doença ou espírito maligno, que sem dó fazia padecer corpo e mente do inocente. Era tudo um saber antigo praticado por velhas escravas, que tinham muita fé em Deus e nas divindades que acompanharam os ancestrais quando foram trazidos da África.

Dos serviços que prestara, na casa de fazenda do coronel Davino Alves, passou a andar pelas trilhas e pelos atalhos da região ainda coberta de matas. De casebre em casebre ou em casa de fazendeiro, ia atender aos chamados. A fama de rezadeira, que vencia os espíritos mais perigosos, curandeira nos casos mais complicados, já era conhecida aos 40 anos de idade nos municípios vizinhos, mas distantes uns dos outros por muitas léguas. Exerceu quase cinquenta anos o ofício de rezadeira, a andar pelo mato, de dia e de noite, sem pressa, lá onde é a morada e a dormida dos bichos.

Vovó Maria da Guiné ainda tece fios de lã, seda, algodão ou outra fibra natural, à luz do dia. "O tempo só me pega sem trabalhar quando tou doente." Da história da cidade pouco sabe. Como disse, sua vida foi andar pelos matos para curar preto ou branco, a qualquer hora que fosse chamada. Conheceu a cidade quando tinha duas casas: uma lá pras bandas do cemitério velho, pertencente ao coronel Vilarinho, a outra onde hoje é a estação ferroviária. Esta era grande, tinha cobertura de palha, abrigava os retirantes que chegavam do sertão, fugindo da seca, vinham derrubar as matas para o plantio das roças. Conheceu a fazenda Bebedouro da Onça, do coronel Lucas Barreto, de onde se originou a cidade.

Sua mãe Miguelina era escrava do fazendeiro Firmino da Conceição, dono das terras da fazenda Tanque das Vacas, a maior de todas na região. "Mundão de terras que ninguém sabia onde parava." A mãe fora comprada a dois negociantes de escravos por 2 cruzados. "Um dinheirão naquela época." Ali na fazenda Tanque das Vacas sua mãe conviveu escondida com um escravo, que ficou livre quando veio a Lei Áurea. O pai não casou com a mãe, embora vivessem juntos até a morte. A mãe trouxe ao mundo treze filhos, ela foi a única sobrevivente e o primeiro fruto do amor proibido. Como a mãe, Vovó Maria da Guiné uniu-se a um preto, mas não teve filho e enviuvou cedo.

O preto Ambrósio, que gostava de fazer batuque no terreiro, aos domingos, deixou-lhe um pequeno sítio com um casebre nos lados da Rocinha.

Vovó Maria da Guiné estranha os tempos de hoje com tanta correria e barulho duma gente que nunca se conforma com nada. Nem sequer para saber que na vida quem tem pressa na estrada cai depressa. Ela não sabe ler nem escrever, também antigamente não havia escola nem professora. Com tantos anos carregados nas costas, nunca soube o que é um médico. Nunca se receitou e tomou injeção. "A medicina de Deus tá nas plantas, o remédio dos homens mata."

Deita-se entre as 18 e 19 horas, todos os dias acorda mais cedo que passarinho. Gosta de dizer que o sol nunca vai pegar ela na cama. Às 4 horas, pontualmente, já está rezando o ofício de Nossa Senhora do Rosário, devoção que herdou da mãe Miguelina. Um dos momentos que mais lhe dá prazer é nos domingos quando muitos meninos vão visitá-la, tomar a bênção à madrinha. No seu quintal, embaixo da mangueira frondosa, que ela plantou quando era casada, os meninos ficam ouvindo suas histórias, algumas do tempo de seus ancestrais. Quando algum dos meninos pergunta a ela se já viu ou tem medo do diabo, a resposta vem com o ensinamento do tempo da mãe Miguelina:

Preta velha me ensinou,
Ensinou, sim senhor,
Com a sua figa, seu patuá,

Fé em Deus, cachimbo e pó
Escorraça Satanás
E no mal dá um nó.

As mulheres vão visitar Vovó Maria da Guiné quando estão em gestação. São rezadas com galho de arruda e oração forte para que o parto seja normal. Ansiosas, querem ouvir de sua boca centenária se vai ser menino ou menina. Ela garante que nunca errou se vai ser homem ou mulher. Nesse instante pede à gestante que, na hora do parto, chame por ela na mente, cante a cantiga que é mais velha do que os avós de seus avós e que, em certo trecho, diz:

Preta velha quando vem,
Vem com a luz do seu congá,
Botar luz em nosso parto,
Botar luz em nosso olhar.

Mora numa casa de adobe, já em ruínas, a cobertura é de zinco velho. Tem uma porta estreita e uma janela de frente. No interior uma sala com o piso de cimento esburacado. Junto à mesa velha, dois caixões servem de assento para os que vão procurá-la. É o que tem para ser usado como cadeiras, além da cama de lona no canto quando a sala tem mais gente. Dois quartos pequenos. No primeiro, uma pequena prateleira guarda os mantimentos. O fogão a lenha fica no segundo quarto.

De uns anos para cá, ela vem vivendo de vender mingau. Sai cedo, segue para os lados da estação velha do trem. Como consegue equilibrar o tabuleiro do mingau na cabeça, ninguém sabe. As pernas arqueadas, os passos vagarosos, mas até certo ponto seguros para a sua idade, deixando pasmado a quem vê. Quando um freguês, que chegou com o rosto sonolento, termina de beber o mingau e diz a ela que não precisa dar o troco, Vovó Maria da Guiné agradece na sua voz arrastada:

Um abraço dado
De bom coração
É mesmo que uma prece,
É mesmo que uma bênção.

Ao voltar para casa, depois de vender o mingau, sempre se escuta a voz de Vovó Maria da Guiné que se propaga, mansa, pela rua com pouco movimento:

O mundo de Deus é grande,
Eu trago na mão fechada,
O pouco com Deus é muito,
O muito sem Deus é nada.

Agora andam dizendo que ela deu para aparecer em cidades distantes na mesma hora como se fosse mais de uma. O padre fechou a cara, franziu a testa e ficou com os olhos de raiva no domingo quando soube que o povo está acreditando nas aparições da preta velha. Foi a beata mais velha quem levou ao padre o que o povo tanto comenta.

O mecânico afirma que a viu na plataforma da estação, vendendo mingau cedo quando o trem partiu.

Horas depois, ao saltar do trem na estação da cidade de Água Preta, perdeu a fala. Lá estava ela, atendendo os fregueses. Toda bonita com pano da Costa, bata de renda, figa de Guiné, pulseira de prata. Ainda sorriu para ele, como se a sua aparição ali fosse a coisa mais natural deste mundo.

O funcionário do correio ficou nervoso, quase que desmaiou ali mesmo na plataforma da estação, não querendo acreditar no que aconteceu com ele quando viajou naquele domingo para Itapira. Ia visitar o filho que não via há dois anos, desde que casou e foi transferido do emprego no banco. Despediu-se dela na plataforma e, apressado, entrou no trem que acabava de dar três apitos fortes, anunciando que já ia partir. Da janela deu adeus e, em tom de brincadeira, pediu que ela guardasse o seu copo de mingau para quando voltasse. Quando chegou à Itapira, a primeira pessoa que viu na plataforma foi Vovó Maria da Guiné, que lhe estendeu a mão oferecendo o seu copo de mingau ainda quente.

Nos últimos dias, professores e alunos estão comentando muito no colégio sobre as aparições de Vovó Maria da Guiné. Aqui e lá longe, sem viajar, no mesmo dia, ela aparece como se fosse mesmo encantada. O padre na missa do domingo passado cuspiu cobras e lagartos. No sermão, citou trechos da Bíblia que falam dos infiéis ao Cristo, o único que andou em cima das águas, multiplicou os pães e os peixes. Ameaçou de excomungar os que se deixam enganar por todo tipo de crendice e boataria inconcebível.

À pergunta do diretor do colégio, se eu acreditava nessas aparições da preta velha, que andavam de boca em boca pelos cantos da cidade, respondi o que achava sobre o assunto: não digo que sim, nem digo que não, ressaltando que nessas coisas esquisitas de preta velha nunca gostei de me intrometer.

Apenas adianto que sempre achei que Vovó Maria da Guiné é uma pessoa que conhece o segredo dos caminhos e o mistério das falas, vindos do seu povo, que habitava as terras longes de África. De fato, ela é uma criatura que faz a gente pensar com sua estranheza. E admirar por sua sabedoria, uma beleza tão dela.

Modos de Damiana

Nunca quis ter seu homem. Pra que ter filho, pobre e preto? Carregar mais peso neste mundo? Bastava-se acostumada com o destino. Doçura nunca lhe pertenceu neste mundo pesado com durezas.

Tempão trabalhava para aquela gente fina. De cabelo louro, olho azul, pele branca como vela. Nem viu a vida passar tão depressa. Viver, questão de hábito adquirido com o trabalho. Está velha com poucos dentes na boca. Conversa sozinha; no cachimbo de barro, bafora o fumo que o jardineiro traz. Escondida, bebe cachaça, que o jardineiro também lhe traz.

Cabelos cor de algodão, sulcos do tempo nas faces murchas. Pernas arqueadas, chinelos gastos. No sábado, pelo entardecer, pega o ônibus e segue para o barraco, erguido na encosta do morro. Na manhã da segunda-feira, volta cedo para a casa da família abastada, onde prossegue na semana com os trabalhos caseiros, cozinhar e limpar os cômodos.

Chegara para trabalhar nos serviços caseiros por volta dos 15 anos, ainda uma menina. Aprendeu a cozinhar comidas finas. Deliciosas, pratos variados, cheiro provocante, tempero divino. Lavava e passava a roupa dos de casa. Esforçava-se na limpeza da casa, cerâmica do piso brilhando. Móveis lustrados. Vidros sem um fio de poeira. Quando a temperatura ficava alta na casa com as brigas constantes, fechava a porta da cozinha. Não queria ver marido e esposa brigando sério na sala. Nem pai com o filho. Batalhas acirradas.

Às vezes, esquecia-se de fazer a refeição no almoço. Dedicação exagerada prejudicava a saúde. O estresse matava. Até nos feriados, santo Deus. Uma colega de trabalho, sua vizinha de barraco na favela, ponderava. Parecia que amava o que fazia. Bastava-se com o salário-mínimo. "Se quiser podem até reduzir meu salário, mas daqui só saio para a cidade dos pés juntos", certa vez declarou à dona da casa, sem hesitar na voz.

Um dia, a pergunta constante, ninguém sabia explicar o sumiço da foto. Quem havia feito aquilo? A moldura vazia na parede. Sem o retrato do neto da patroa. Procurou-se por todos os cantos. A patroa abriu, fechou gavetas. Coisa estranha, intrigante. Damiana era de confiança. Nunca havia sumido nada na casa.

Então, como foi acontecer? "Se quiser, vá até meu barraco. É perto daqui. Procure lá." Ela observou, de cara zangada. Resposta da patroa, nervosa: "O que é isso? Nunca falamos que foi você".

Para que ia querer o retrato da criança loura, cabelos finos, olhos azuis como o mar? Aproveitou a saída da patroa que foi fazer compras, colocara o retrato do menininho por dentro da blusa, guardado no seio.

À noite, no barraco, cantava baixinho diante da foto, protegida por mãos generosas:

Boi, boi, boi,
Boi da cara preta,
Vem pegar nenê
Que tem medo
De careta.

Igual como a avó fazia com o neném da sinhazinha, na casa-grande do engenho. Cantigazinha monótona na cadeira velha de balanço. Baixinho a negra Damiana cantava:

Dorme, neném,
que o bicho vai chegar,
mamãe foi às compras,
papai foi trabalhar...

A cantigazinha arrastava-se na voz triste, magoava nos seus tons profundos.

Caçador Guinó

Quando era pequeno, ouviu o caçador Guinó dizer no alpendre da casa de quatro águas: "Os netos dos fazendeiros de cacau não serão fazendeiros de cacau." Voz lerda: "Cacau gosta de chuva. E as chuvas vão escassear com tanto desmatamento que não para." Não chegou a compreender o que o caçador Guinó quis dizer com o futuro sombrio que o tempo estava reservando para a lavoura. As matas eram profundas de tão escuras e se estendiam por baixadas e serras, até lá onde ninguém consegue alcançar e o céu acurva. As chuvas caíam sempre grossas, demoradas, os homens nunca iriam conseguir desbastar tantas léguas de mata, que cobriam a terra por léguas e léguas.

Vivera na fazenda períodos felizes da vida, infância despreocupada, dias alegres chegados dos campos de chuva e flor. Passavam ligeiros sem que percebesse, de tanto prazer que lhe davam. Derrubava na jaqueira a fruta madura com o podão. Comia a jaca mole e doce sem pressa, sob a sombra dos cacaueiros. Andava de volta para a casa com os passos misturando-se com as folhas secas do chão, os ruídos quebrando o silêncio das roças. O suor molhava a camisa, respirava o ar puro feito de árvore e flor, que o envolvia dos pés à cabeça.

Quando anoitecia, colocava o banquinho para o caçador Guinó sentar junto dele no alpendre. Aquele negro de corpo roliço, olhos quase imóveis, nariz amassado, lábios grossos, sabia contar como ninguém histórias com bichos, pássaros, peixes e assombrações. Era o único que podia andar dias na mata turva. Os homens curvavam-se à sua vontade quando o assunto era a mata trevosa. Os pés descalços, pequenos, mas resistentes. Munido de farinha, carne-seca e aguardente, cruzava a mata fechada em todas as direções, como que guiado pelo faro invisível de um bicho atento. Conhecia as árvores pela casca e folhas. Os pássaros pelos pios e cantos. Os bichos pelos ruídos e odores. As flores pelos cheiros e cores. Tinha dois cães espertos, que o acompanhavam em suas andanças pela mata. Um colar com dentes de caititu no pescoço. Espingarda e bornal a tiracolo.

Na primeira vez que apareceu no terreiro, já tinha uma cicatriz feia no braço esquerdo, marca deixada pela dentada de uma onça. Pelos cabelos brancos e pele com vincos no rosto, dava para se observar que era um homem idoso, boca quase desdentada, apenas quatro dentes, dois na parte de cima e dois na de baixo. O pai Alvinho perguntou uma vez onde ele morava, respondeu que era numa caverna abandonada por uma onça-pintada com duas crias já grandes, bem longe dali, perto de uma cachoeira que caía da serra numa pancada forte e formosa. Tinha aberto uma clareira lá, onde plantou uma roça de milho e feijão, não adiantou nada, não vingou nenhuma coisa nem outra, as chuvas grossas que caíram nas semanas azedaram tudo. Adiantou que só caçava para comer o necessário, o mesmo fazia quando pescava num ribeirão de águas claras. Só matava o macho de cada caça, de preferência quando o bicho estava velho. Conhecia a idade do bicho perseguido pelo fôlego. Bicho velho não corre muito, cansa mais rápido e se entrega. Quando uma fêmea ou filhote caía no laço, soltava.

Uma vez por mês, aparecia na fazenda, os cachorros rodeando a casa, farejando tudo. O pai perguntou-lhe se caso ele quisesse morar na fazenda, que escolhesse o tipo de serviço que mais lhe agradasse, nas roças de cacau ou na lida com os animais de serviço ou até mesmo derrubando pau grande na mata. Ninguém nasce sabendo, tudo na vida tem um começo, o pai incentivando para ele ficar com a gente. Terminou aceitando, vindo trabalhar como apontador dos pedações de mata contendo árvores com muita madeira-de-lei.

Durante o tempo que ficou na fazenda, nunca deixou de ir caçar à noite na mata fechada. Uma vez falou para os trabalhadores que a onça não mete medo nestas bandas, nem o gavião-gigante, nem a cobra enorme da lagoa. O que mete medo mesmo é um bicho que anda em duas pernas aqui em cima, este é o mais perigoso. Onde só um manda, os demais não andam porque vivem se arrastando com a canga que lhes foi botada. Ele mesmo já havia passado por isso na pele, no tempo que foi escravo, lá no Engenho de Santana. Num momento de distração do feitor, fugiu da senzala, saiu disparado pelo canavial, ganhando cortes das folhas da cana, ferindo-se no corpo todo. Passou fome, sede, frio, noites acordadas. Rezou para os espíritos da mata, dormiu em cima de árvore, mas ficou livre para sempre, melhor do que ser escravo é viver como caçador dentro da mata braba.

Pai Alvinho, ao saber daquelas falas dele, achou que era uma afronta que merecia ser corrigida. Mandou que ele não ficasse mais na fazenda, fosse morar na mata, era lá o seu lugar, no meio dos bichos de pelo e de pena, que ele tão bem conhecia e entendia como ninguém neste mundo.

Foi justamente o que aconteceu. O caçador Guinó foi morar na mata, perigosa e escura, de tão fechada. Nunca mais se ouviu falar dele.

Noites Turvas

Nutria ódio pela raça negra, chegando ao ponto, logo após a morte da mãe, de invadir a casa e destruir o oratório com as imagens dos orixás, quebrando quartinhas, tambores e esculturas de pretos velhos.

Assim que instalou seu consultório em Ibicaraí, casou-se com Belinha, moça acaboclada, tinha os olhos rasgados como uma indígena, os cabelos finos compridos, caindo nas costas. No começo, Belinha prestava serviços como atendente dos pacientes; com o tempo, passou a auxiliá-lo em pequenas cirurgias realizadas na sala apertada, ao lado do consultório. Da união do médico com a moça acaboclada, nasceram duas filhas.

Tinha vida humilde, a clientela era constituída de gente com poucos recursos, donos de pequenas glebas de terra, com lavouras de milho, feijão e mandioca. Pagavam os honorários médicos com peru, galinha e porco. As pessoas ricas da cidade eram poucas, desciam para Itabuna em busca de médico ou internação no hospital quando o estado de saúde exigia cuidado.

Quando ia atender o doente que morava na fazenda com a família, a viagem era feita em lombo do burro. Levava a maleta com o estetoscópio, seringa de aplicar injeção, bisturi, tesoura. Uma pasta com algodão, garrafa de álcool, merthiolate; linha, agulha, gaze, esparadrapo; amostras grátis de remédio e outras coisas pequenas. O guarda-sol para aparar a chuva ou protegê-lo quando o sol esquentava. Viajava cedo, saindo pela manhã, antes de o sol se levantar. Em caso urgente, viajava durante a noite. Seguia na estrada solitária, tantas vezes escura, o burro cadenciado nos passos.

Fez vários partos complicados. Curava ou aliviava. Fosse impaludismo, crise de asma, dor no apêndice ou vesícula. Operava o tumor intumescido como um botão grande debaixo da pele. Engessava a perna ou o braço quando o acidente era causado por um coice de burro. Aplicava soro antiofídico contra picada de cobra. Quando chegava à casa do pequeno lavrador, via nos olhos do doente, mulher e filhos que o medo com a sua presença se afastava do ambiente. Uma luz de esperança estava acesa no interior da casa rústica, todos confiantes que a doença agora fosse debelada com a intervenção do médico. Sua cor, nessas horas críticas, não importava, não provocava qualquer espécie de rejeição a quem, em outros lugares e momentos, olhava para ele com ares superiores.

Muitos desses pacientes eram de cor preta como ele, outros mulatos pardos, acaboclados, poucos brancos e alourados. Até esses não demonstravam estranheza com a sua visita porque o médico que chegava para tratar um caso de doença grave tinha a pele escura como a noite turva.

Tratou de um fazendeiro rico, que tinha muitos pastos forrados de capim nativo. A mulher e os filhos moravam na capital, em bairro nobre, no palacete montado com mobília cara. O fazendeiro dizia que, se quisessem, fossem visitá-lo na fazenda, demorassem na Mundo Belo pouco ou muito tempo, mas não esperassem que ele fosse sair do campo um dia para na capital passar duradoura temporada com a família. Nada faltava para a mulher e os três filhos na capital, um deles já estava formado em profissão importante. Adiantava que poderia aparecer de vez em quando na capital para visitar a família, mas por pouco tempo. Sua morada fixa era a fazenda, com suas boiadas esparramadas pelos pastos, a casa-sede ventilada, com quartos grandes, tinha energia elétrica e água encanada. Era ali o lugar em que seria enterrado quando chegasse o momento final.

Um dia, o médico foi chamado às pressas para socorrer o fazendeiro rico, que sentia fortes dores nos nervos, as pernas estavam enfraquecidas, andava com dificuldade. Aplicou nele injeção de antibiótico, receitou o remédio mais moderno fabricado para o caso, recomendou ao fazendeiro que não se alimentasse de carne de porco e até mesmo bovina. Melhor era carne de galinha e peixe, alimentação leve, chá com torrada.

Passou a visitar o doente duas vezes na semana, embora a viagem montado no burro, de Ibicaraí até a fazenda de pecuária, demorasse umas 10 léguas. Seus cuidados médicos começaram a surtir efeito, os sintomas que se apresentavam preocupantes no quadro do paciente começaram a regredir. Pensou no início que se tratava de impaludismo ou sífilis. O fazendeiro tremia o corpo todo, delirava, tinha crise de febre, dores nos nervos, choro.

Alguns meses transcorridos, começou a se restabelecer a saúde daquele homem de olhos claros, cabelos ruivos, bigode cor de milho. Ficou com a cor pálida durante o tratamento, o rosto com uma feição de desânimo, os olhos tristes. A mulher e os filhos chegaram avexados da capital, logo que souberam da situação crítica no estado de saúde do fazendeiro. Os familiares tentaram convencê-lo que devia tratar da saúde em Salvador, onde existiam bons hospitais e excelentes médicos. Ele relutou em fazer o tratamento da saúde na capital. Algo lhe dizia que aquele médico era competente, daria solução ao seu caso, apesar de ser um homem de cor.

Com a saúde restabelecida, o fazendeiro pediu que o médico mandasse a conta dos honorários. Não gostava de gastar, achava que a vida sobrava para quem economizava e comprava. Ficou alarmado com os honorários cobrados pelo médico, que não eram nada de absurdo, correspondiam aos serviços que foram prestados com zelo e competência em local longe do seu consultório, que exigia travessia por caminhos solitários e tortuosos na estrada de pedregulho.

Depois de tentativas infrutíferas para receber os honorários em termos amigáveis, o médico, desanimado, entregou o caso ao advogado. Ficou sem fala quando recebeu a visita brusca no consultório dos filhos do fazendeiro.

Um deles:

– Negro safado, seu lugar é na senzala. Você nunca vai receber nem no inferno o que injustamente está cobrando na Justiça do nosso pai.

Para ter uma condição de vida melhor, resolveu instalar uma farmácia, aproveitando a parte maior do prédio onde estava instalado o consultório, com uma sala comprida, que ia dar na esquina. Gastou as economias que trouxe do Recôncavo na compra do balcão, com a frente de vidro, no qual ficavam expostos os produtos de perfumaria, sabonete, pasta dental, escova, pente. Adquiriu armários com prateleiras para guardar os remédios. Uma caixa registradora para movimentar o dinheiro com as vendas dos produtos e passar o troco.

O estoque dos produtos da farmácia foi comprado aos representantes de laboratório, que por ali deram para passar para suprir de remédio a farmácia do médico. O pagamento da compra da mercadoria seria a prazo médio. O médico emitiu promissórias como garantia do valor na compra dos produtos farmacêuticos. Contratara um rapaz para atender o freguês no balcão, Belinha ficava tomando conta da caixa registradora com o movimento do dinheiro que entrasse e saísse. "A Popular" foi o primeiro estabelecimento farmacêutico instalado na cidade. No primeiro ano, o movimento na farmácia deu resultados positivos. O lucro com a venda dos produtos dava para saldar os compromissos e pagar o salário do empregado, propiciando ao médico com mulher e as duas filhas terem uma vida decente.

No terceiro ano, o movimento de pessoas para fazer a compra de algum remédio foi diminuindo. Acabara de ser instalada outra farmácia na cidade, o dono era um homem de cabelos louros, olhos verdes, de sangue italiano. O movimento de fregueses em "A Popular" foi caindo tanto que seu dono se mostrava preocupado, em alguns momentos tomado de crises depressivas, não vendo a hora de fechar o estabelecimento. Já não tinha dinheiro para saldar as promissórias que emitia como título de crédito para garantir a dívida, referente à compra de produtos ao representante do laboratório. Seu nome foi levado ao Cartório de Protestos em Itabuna, vezes sucessivas.

A princípio ficou desconfiado com o que estava acontecendo na queda do movimento em "A Popular", já pensando em retornar para Cachoeira, onde poderia tentar outra vez se firmar na profissão de médico. Poderia dessa vez ser professor de Ciências Naturais e Matemática no ginásio. Nessa condição, misto de médico e educador, haveria de ser bem visto pela sociedade de sua terra natal.

Vendeu o resto do estoque dos produtos, pagou as promissórias vencidas, em execução na Justiça, fechou as portas da farmácia. Andou acabrunhado diante da mulher e das filhas. Apesar de resistir, pensando em demorar mais um pouco para retornar à terra natal onde ia exercer de novo sua profissão de médico, não via outra saída para melhorar de vida, a não ser o retorno à terra natal. Pensando, pensando, para onde fosse, aquele estigma de bicho marcado pelo luto indefinido, o escuro da noite fixado na pele, estaria acompanhando-o, cercando-o de angústia e tristeza por saber ser impotente para mudar a diferença que o situava numa escala inferior da vida.

Enquanto vivesse, teria de se habituar a ouvir a palavra chamada homem. Ah, os civilizados, os superiores, apregoavam que tudo que é negro ofusca e debilita. Bastava que descobrissem alguma mancha negra nos rastros da desgraça, impingiam logo seu ar superior, sorrindo no orgulho do gesto. Sempre estaria por baixo, sem resposta coerente para amansar aquele que estava por cima, comendo o ódio, que agride e desequilibra o mundo. Para existir no meio dos outros, andaria com essa marca que oprime. Como se nada fosse, nada valesse de fato.

O rosto no travesseiro molhado. Se o mundo era este absurdo, só lhe restava a lágrima. Ferir-se na escuridão, neste choro vazio, neste grito sem eco, que, apesar de dizer que o pior é sumir no poço, a certeza que tem é que sempre o tratavam como um homem inferior, vil, repelente. Preto, preto, preto.

A noite passou toda em claro. Os dentes trancados quando se viu no espelho pela manhã. Tomou o banho quente. Apressou-se em se vestir, alisar com escova os cabelos duros, perfumar-se. Vestiu o terno de linho branco, a gravata preta, a camisa cinzenta, as meias de seda, calçou os sapatos de duas cores, marrom e branco. Adormeceu na cama sem a mulher, que cedo foi preparar a primeira refeição matinal para ele e as duas meninas. Dormiu e não mais acordou com a dose de cianeto que ingeriu.

Tratado de Paz

Alguns acham que a história do Brasil pode ser considerada pelo lado do negro com três "pês": pão, pano, pancada. Capítulos dessa história, impregnada de maltrato e açoite, com base no ferro do vilão, sem perdão para o negro fujão, aludem que o Brasil Colonial formou uma dívida com o negro tão grande nas léguas da desgraça que se tornou impagável. Até certo ponto, o mesmo aconteceu com os nativos, que tiveram populações extirpadas do mapa.

Às vezes, escuto vozes que rolam dos longes nesses rastros da desgraça. Por entre sombras do que não se apaga, vejo sem esforço que em muitos o remorso não existiu quando feriram os hábitos da inocência, arrastando da mãe África a liberdade acorrentada. Lá, a cartilha onde se fazia a leitura da natureza era escrita sem a atrocidade do ferro que furou o coração, forjou a enchente na vala, transbordou de mágoa, virou na mancha enorme que envergonha.

Quem saberá quantos ventos sopraram nas feridas abertas por mãos opressoras, que lançaram contra os muros uma gente de suja carga, difamada, rejeitada, marcada para morrer na faina impiedosa? A cor de luto na pele era a ferida dos que tudo dão ao senhor, em troca não recebem nada. Não adiantava gemer, não adiantava mugir, não adiantava viver, muito melhor morrer.

Numa nau chamada imaginária, embarco no seco por esses rastros da desgraça. É funda a ferida, amargo o ferrão, ardido o sal, aguda a solidão. É sempre uma viagem em rotação desalmada que essa nau empreende com porões abarrotados de fedor e sujeira. Nos rastros dessa noite escura, que na pele lança braços mutilados contra os muros da manhã, muitos não suportam, os cadáveres são jogados no mar.

Passam semanas, a viagem oscila nas ondas de um mar sem cura. Exige, a certa altura, que se faça uma parada para abastecer de água e mantimentos a embarcação. No convés, contemplo esse mar que transporta o tesouro empilhado, negros são como ouro e prata destinados ao senhor, o traficante preserva esse punhal tecido de pranto na hora desalmada. O filho foi arrancado da mãe, a mulher do marido, o irmão do irmão. Todo esse mar é a desgraça que das entranhas rola o seu mal-estar nas ondas.

Levanta-se o ferro, as velas são desfraldadas. A viagem prossegue por mares onde não entra a esperança. Escuto o grito de terra à vista, sou avisado que nos estamos aproximando do Engenho de Santana, na Capitania de São Jorge dos Ilhéus.

Movido a energia hidráulica, tomo conhecimento que o engenho serve de modelo aos engenhos regionais, utiliza extensa mão de obra escrava, a produção chega a 10 mil arrobas de açúcar anuais, comprovando-se dessa maneira um período de boa fase do produto na Capitania. Possui a casa-grande, a igreja e as senzalas. Com a casa de purgar, das moendas e a roda d'água representa uma verdadeira povoação.

Os escravos crioulos, os nascidos no Brasil, paralisaram o trabalho, mataram o feitor, pegaram as ferramentas do engenho e refugiaram-se nas matas. O objetivo deles não é serem libertos da condição de escravos, mas buscar maior liberdade na maneira escravizada de vida. Pretendem, assim, ter melhores condições para viver.

Ao menos é isso que foi sugerido pelo documento criado pelos escravos fugidos e foi encaminhado ao seu senhor, referenciado como "Tratado proposto a Manuel da Silva Ferreira pelos seus escravos durante o tempo em que se conservaram levantados". Não sendo a guerra, o que essa gente estava querendo com o levante?

Fico intrigado em saber que nesse engenho o escravo pensa e escreve, tem consciência do que ele é como coisa. Li em um livro sobre o tráfico de escravos no Brasil Colonial que o homem só se submete à escravidão enquanto não toma consciência de sua realidade, como uma coisa, mas que é uma gente que possui a razão para nomear e dominar seres e coisas postos no mundo para que sejam alcançados. Como essa gente do Engenho de Santana pretende achar os caminhos para deixar de ser uma coisa vil e repelente?

O Engenho de Santana havia sido arrematado em leilão pelo Provedor da Casa da Moeda da Bahia. Quando ele soube que os escravos de seu engenho haviam assassinado o feitor, apropriando-se das ferramentas, havendo dois anos que não trabalhavam, lamentou a sorte de ter arrematado um imóvel rural em condições tumultuadas. Não era como havia pensado, uma fábrica de açúcar que funcionava com ordem, tendo tudo a seu favor para aumentar a produção, terras férteis e uma negrada esforçada em bem servir a seu senhor, sem se queixar de nada.

Seria impossível vendê-lo em condições tão desfavoráveis. Quem se arriscaria a adquirir um engenho com os escravos rebelados, ainda mais distante da sede da Capitania de São Jorge dos Ilhéus, o que tornava as coisas mais difíceis quanto à sua manutenção e ao seu desenvolvimento.

O Provedor da Casa de Moeda da Bahia mandou que o mensageiro dos escravos do Engenho de Santana entrasse e se fizesse à vontade. Mostrou-se cordato no encontro, risonho, oferecendo licor fino ao visitante e a seguir rapé feito com tabaco bom, que ele cultivava no quintal da casa com alvenaria e tijolo, alpendre, vários cômodos e quatro águas.

Disse que, antes de ler com atenção o Tratado de Paz, queria saber quais eram os propósitos que os negros exigiam para terminar com o levante.

– Queremos voltar ao trabalho. Não queremos paralisar com o engenho.

– De nossa parte é o que também mais queremos – frisou o Provedor.

– Queremos apenas melhores condições para se voltar a trabalhar.

– Por exemplo?

– Destinação das sextas e dos sábados das semanas para que os escravos possam trabalhar como se fossem pra eles mesmos.

– Só isso?

– Que o senhor destinasse rede, tarrafa e canoas para a pesca, além de poderem plantar o arroz onde quisermos, e em qualquer brejo, sem que para isso peçamos licença, e poderemos cada um tirar jacarandás ou qualquer pau sem darmos parte pra isso e também pedimos pra diminuir o feixe das canas pro carrego de homem ou de mulher, pra esta ainda deve ser menor.

– Tem certeza de que é só isso que querem?

– Não queremos guerra; se meu senhor quiser a paz, há de ser nessa conformidade.

Constava ainda no tratado a reivindicação para que fosse feita uma barca grande para, quando fosse para a Bahia, meterem as suas cargas para não pagarem frete. Os atuais feitores não queriam, fossem feitas eleições de outros, com a aprovação deles. O canavial do Jabiru usaria só mais uma vez, mas haveria de ficar para pasto porque não podiam andar tirando canas por entre mangues, pisando em lodo, ferindo as pernas.

Em resumo:

– Estamos prontos para servir ao senhor como dantes porque não queremos seguir os maus costumes dos demais engenhos. Poderemos brincar, folgar e cantar em todos os tempos que quisermos sem que nos proíba e nem seja preciso licença.

O Provedor da Casa da Moeda da Bahia não viu nada de mais nas reivindicações dos escravos rebelados. Já deviam ter enviado há mais tempo o mensageiro com o Tratado de Paz formalizado em documento. Por que houve tanta perda de tempo para se chegar a bom entendimento e terminar com o impasse, que só trazia danos para os dois lados? Antes uma má conciliação do que uma boa questão, ele frisou. E, certamente, a continuar como estavam as relações entre o dono do engenho e a mão de obra escrava, não se tratava de boa demanda.

Assinou o Tratado de Paz e entregou o documento ao mensageiro. Manuel Silva Ferreira fingiu aceitar as condições e alforriar o líder. Quando os rebeldes, que estavam escondidos no mato, voltaram ao engenho, deram a ordem para que se voltasse ao trabalho. Depois que todos retornaram ao trabalho, os líderes foram vendidos e o mensageiro do Tratado de Paz foi para a prisão.

HISTÓRIAS INDÍGENAS

A Velha Indígena

Os indígenas vieram para o Mutucugê em 1976. A construção do complexo hidrelétrico de Camanducaia em suas terras provocou a inundação da cidade de Jacarandá e da região de Aracatiba onde viviam sem problemas. Lá na sua região habitavam terras férteis, às margens do rio Sossego, que tinha peixe em abundância. Caçavam nas matas onde a caça não faltava, ao contrário sobrava. O assentamento dos indígenas na nova região foi feito numa área de dois mil e quinhentos hectares. Foram cadastradas inicialmente noventa e seis famílias, mas hoje, segundo informações dos moradores, já são quase trezentas. A população cresceu, os problemas aumentaram.

A reportagem que eu tinha acabado de ver na televisão informava com detalhes como o povo Pacarani estava vivendo atualmente no Mutucugê. Desde pequeno soube que eu tinha sangue de pacarani, herdado de meu bisavô paterno. A reportagem sobre aquela gente despertou-me ainda mais a vontade de conhecê-la na Reserva onde vivia atualmente.

Parti num dia de dezembro. O jipe velho seguiu sacolejando na estrada de barro. Por onde passava ia deixando atrás nuvens de poeira. Depois de viajar uns trinta quilômetros na estrada de barro, cheguei à Reserva do Mutucugê com o cano de descarga do jipe velho furado. Todo coberto de poeira, entrou no povoado fazendo zoada, espantando uns porcos que atravessavam a rua de areia.

A primeira impressão que tive da Reserva do Mutucugê foi a de um povoado em formação. Casas modestas com paredes de tijolo num mesmo tipo de construção, algumas com antena parabólica no telhado. Posto telefônico, duas igrejas evangélicas e uma católica junto à praça. Uma mercearia onde alguns produtos eram vendidos, menos bebidas alcoólicas. No terreno arenoso havia um campo de futebol, dois times de meninos jogavam uma partida acirrada sob os gritos e vaias dos torcedores de todas as idades. O rio Piabanhaçu de tão raso descia com dificuldade nos fundos da aldeia.

Encontrei Kinani num dia abafado de verão. Era a matriarca de uma das famílias mais numerosas. Sabia que eu estava acompanhado do pedreiro Xapuri, também descendente do povo Pacarani. Ele acabara de construir o muro no quintal de minha casa. No início ela se mostrou desconfiada. Daí a uma meia hora, depois de tirar boas baforadas no cachimbo de barro, dar algumas cusparadas no chão esburacado da pequena casa com paredes de adobe, ela foi soltando a voz aos poucos. Nem sempre a gente ouvia bem o que ela dizia. Um aparelho de som na casa vizinha sintonizava uma música frenética, que saía alta. Xapuri, homem baixo, de cabelos finos, olhos mansos, foi até a casa vizinha. E, quando de lá retornou, o aparelho de som passou a tocar baixo a música de ritmo trepidante.

Cabelos brancos, ralos, eram sinais de que Kinani havia visto passar muitas luas nas estações marcadas pelo relógio da natureza. Ela própria já havia esquecido a idade. Certamente, uma porção dos anos em que havia vivido foi sob o açoite da mão do homem branco e colonizador. Sentimentos tristes diziam-lhe de momentos em dó escorridos com lágrima na memória. Rastros da desgraça latejavam seus rumores pelos dias e noites da flecha quebrada na fuga em grito. Nesses instantes em que ela conversava em silêncio, fico pensando no que dentro dela pulsava quando então chegavam do meio da selva os ataques que o colonizador disseminava com o medo e o pânico.

Cabeça pequena, vincos no rosto com a pele curtida pelo tempo, olhinhos nervosos, boca murcha, desdentada, sem riso. Lúcida ainda. Fazia rede, cesto e balaio. Batia milho, ralava mandioca na casa de farinha. Era a única criatura do povo Pacarani que falava a sua língua. Ela contou que antigamente ninguém da aldeia vivia com medo de sair da palhoça. Ninguém de fora ainda andava atrás de terra do seu povo. Quando o branco apareceu e abriu a estrada, veio a consumição das terras. O branco tirou tudo do nosso território e levou muitos do nosso povo à loucura. Bateu, escorraçou, matou. Enganou com cachaça, facão e espingarda. Quis amansar pacarani pra ter trabalho de graça, não conseguiu. Pacarani morre de pancada, não trabalha pra branco como escravo, observou.

Lembrou-me que passou aquele tempo que seu povo só comia caça, acostumou com a comida do branco. Primeiro ninguém conhecia, agora conhece e acha bom. Só comia o que matava com flecha, veado, paca, caititu, capivara, anta, peixe. Falou que pacarani acostumou também com outra coisa: negócio de roupa e remédios. Aquele tempo antigo pacarani tinha remédios de raiz, agora precisa de remédios de branco pra tratar as doenças que não tinha. Onde primeiro pacarani vivia, bastava pedir quando precisava, a pessoa vinha ajudar sem esperar pagamento. Pacarani não tinha vontade de viver na cidade. Muita gente pensa que a vida do civilizado tem muito valor. Branco que tem muito dinheiro passa bem. Civilizado pobre passa pior que o povo pacarani, tem dia que nem acende o fogo. Tem branco que trabalha o dia inteiro só pra sustentar a barriga. Contou que soube essas coisas dos que voltavam da cidade grande pra Reserva, parecendo uns restos de gente, de tão abatidos, com as carnes magras no corpo doente.

Perguntou-me: o que o senhor tá fazendo aqui? Veio estudar a vida da gente? Bebeu uns goles de água na cabaça, a seguir continuou. Muito branco pensa que um pacarani não tem ideia, é criancinha, não precisa agora falar sua língua. A gente precisa falar nossa língua pra não deixar que nossas coisas morram no nosso sangue. Hoje em dia pacarani deve aprender língua geral do branco, aceito isso, mas não deve deixar de falar a sua língua, que vem de longe, muito longe, sou contra isso. Pacarani precisa conhecer Deus de sua raça. Os padres e os americanos estão errando, acabam com as nossas festas e jogos. Agora pacarani fica besta, a meninada não sabe fazer nossa festa. A gente dança, a meninada fica arremedando. Tem pacarani evangélico que diz que o toré é dança do diabo. Pra que a gente vai deixar nossa dança? Pra pegar a do civilizado? A nossa dança é mais bonita. A do branco precisa comprar e pagar rádio e aparelho de som caro pra escutar e dançar, a nossa não precisa pagar nada.

Olhando-me nos olhos, lamentou que hoje em dia até mesmo a terra não tem mais serventia. Qualquer um podia ver, tá faltando água, não chove, é uma secura só, aqui nessa região não tem mais mata. As criações de animais tão se acabando. Quando chove, dá pra plantar muita coisa, a terra daqui até que não é tão ruim. Quando a estiagem demora, falta irrigação pra ajudar não morrer a plantação. A gente da Funai pode ajudar nisso, só que ela não é amiga de pacarani mesmo. A intenção é deixar pacarani acabar devagar. Tem pouca gente aí nessa Funai que se interessa por pacarani. A maioria só quer ganhar dinheiro e se um deles tá vendo um pacarani morrer na frente dele, não tá nem ligando, não é a mãe mesmo dele, não é o pai dele que está morrendo. Muita coisa ruim já vi acontecer da parte do branco, deixa a gente desanimada pra querer viver.

De tudo que ela me disse, ficou batendo nos ouvidos essa passagem: o pacarani precisa de escola pra poder se defender, entender o mundo do civilizado, tomar conta de sua aldeia. Pra ser amanhã um pacarani diretor, não deixar o branco levar madeira, o fazendeiro invadir as terras. Pra ser um médico, resolver muita coisa de doença aqui.

Meses depois de minha visita à aldeia do povo Pacarani, soube pelo pedreiro Xapuri que Kinani andava com dificuldade, queixava-se de dores nas costas, fraqueza nas pernas. Eu ainda voltei lá por duas vezes. Ela não desconfiava mais de mim. A última vez que eu a vi foi com um grupo de meninos. Ouviam atentamente ela contar a história da origem do povo Pacarani. Contava que antigamente a Lua foi também mulher. Um dia quis deitar com o Sol. Apareceu prenha pouco tempo depois. Teve um menino e uma menina. Botou os dois num buraco, foi morar no Céu. Uma manhã mutum cantou:

Lá vem o Sol! Lá vem o Sol!
Pedra pequena, pedra grande
Os olhos do povo Pacarani
Vão se abrir aqui.

Saiu do buraco um bocado de gente, dançando e cantando. Foi assim há muitos e muitos anos que nasceu a aldeia Pacarani. Revelou que no lugar que o povo Pacarani primeiro morou não existiam máquinas, os animais andavam livres nas matas. Havia muita árvore e cachoeira grande. Havia tanta terra que era possível sair de um lugar para morar no outro sem dificuldades. As crianças corriam com o vento pelos campos atrás de preás e gafanhotos. Quando viam caça grande, chamavam os adultos para abater com a flecha certeira.

Quando ela terminou a história sobre a origem dos Pacarani, os meninos saíram calados e se dispersaram perto da praça. Então falou para mim que o povo Pacarani tem agora uma parte dele e uma parte de civilizado. Todo nosso grupo você pode ver assim. Ninguém pode falar que seja só pacarani, não pode. Pacarani tem que seguir agora os dois caminhos. Misturado como está, será que antes de morrer eu ainda vou ver pacarani ter uma vida livre pra ir pra onde quiser, sem precisar comprar tudo com o dinheiro, perguntou-me, eu fiquei sem saber como responder.

A Mãe e Seu Filho

– Qual o seu nome?

– Mimiqui.

– Como era o nome da vítima?

– Cauim.

– A senhora tinha parentesco com a vítima?

– Mãe.

– Quantos anos a vítima tinha?

– Trinta e seis.

– A senhora tem outros filhos?

– Cinco e mais três netos que vivem comigo.

– A vítima morava com a senhora?

– Desde que nasceu e por último quando conseguiu fugir do sanatório.

– A vítima ocupou as funções de guarda-noturno durante alguns anos. Recebia algum provento? Era auxiliado por alguém?

– Era eu que sustentava ele.

– Qual a sua profissão?

– Sei fazer cesto e esteira, vara de pescar. Vendo aos sábados na feira, junto com umas coisas miúdas, pente, carretel, agulha, alfinete, botão, fita, espelhinho e perfume.

– A vítima bebia muito?

– Só não fazia isso quando estava com o apito na boca, aquele maldito apito que tinha vez que ele ficava a noite toda soprando. Era aquela aflição dentro de casa que aumentava ainda mais com os gritos dos vizinhos. Parecia que aquele inferno todo nunca ia terminar.

– Quem dava dinheiro à vítima para beber?

– O povo da rua e uns conhecidos lá do bairro.

– Quando foi que a senhora resolveu dar formicida à vítima?

– O remédio?

– Remédio! A senhora não sabia que era veneno?

– Eu comprei o pacote no armazém pela manhã. Tinha ido comprar café e um pouco de açúcar.

A mulher parou um pouco e continuou.

– Eu disse a ele que aquilo era um remédio pra abreviar seus sofrimentos, que ele bebesse logo pra ter um sono tranquilo.

Parou novamente, fez um esforço e continuou.

– Ele estava muito bêbado, com barba e cabelo grande, o rosto todo ferido. Ele tinha aparecido na sala com uma corda de cebola na cabeça e um ramo de flores murchas no bolso do paletó velho. Ele andava muito sujo, o cabelo desgrenhado, maltrapilho.

Com certo tremor:

– Parecia um bicho.

– A senhora não tinha outro jeito de abreviar o sofrimento de seu filho?

– Não tinha. Não suportava mais vendo ele todo dia dormir na sarjeta e chegar bêbado em casa. Ficava batendo a cabeça na parede, dizendo: "Bicho besta... sai da cidade... fica longe desse povo bruto... que não liga pra sua vida... vai viver na aldeia com a sua gente ..."

Correram murmúrios entre as pessoas que se comprimiam na sala.

– A senhora comprou o formicida para matá-lo?

– Não. Pra matar formiga e barata.

– Como a senhora conseguiu que a vítima bebesse o formicida?

– Ele tomou o remédio com guaraná.

– A vítima relutou em tomar o veneno?

– No princípio.

– E depois?

Uma careta desenhou-se no rosto da mulher, rompeu a crosta e se formou de uma maneira sofrida.

E, num tom baixo, ela prosseguiu.

– Depois eu abri a boca dele pra que o remédio fosse bebido todo, pra descer depressa na garganta e acabar de vez com o sofrimento dele.

O juiz recuou um pouco na cadeira.

Uma sensação de mal-estar percorreu os cantos da sala.

O juiz passou o lenço no rosto.

– Qual a quantidade de veneno que a senhora deu à vítima?

– A garrafa toda.

– Ele morreu logo?

– Instante depois.

– A senhora não se arrependeu do que fez?

– Sim.

– A senhora não sabia que estava dando veneno a seu filho?

– Eu já estava desesperada. Sofria muito vendo ele viver como um bicho... pior que um bicho...

Com a cabeça caída para frente.

– Ele era meu filho, mas na hora, doutor, eu só pedia a Deus que levasse ele.

Depois a sala permaneceu vazia, mergulhada naquele silêncio somente pontilhado pelo zumbido das moscas.

Raios de uma manhã abafada sobrevieram e fundiram os elos de uma corrente que se rompera duma estrutura sólida, sofrida, feita no duro clamor de uma voz que se tornara impotente ante os dias iguais, ritmados das horas indiferentes, irreversíveis.

Houvera sempre uma condição de abandono, queda, cimento duro, frio, que atingira o ponto máximo no amálgama de seus angustiantes tecidos.

A sala no absoluto silêncio.

A mulher foi recolhida ao cubículo que servia como cela nos fundos do prédio onde funcionava o fórum da cidadezinha.

Ali, por entre sombras, como camadas espessas no funeral do tempo, ela transpirou tremores misturados com cinzas. Minutos passaram num ritmo que feria quando começava a lembrar-lhe o que tinha de ser a qualquer momento.

Existiram suspiros fundos dentro do cubículo quase sem luz. Até que chegou uma brisa para envolvê-la com ondas ligeiras, trazendo certo alívio no peito que não parava de gemer. A brisa permanecia em carícia de lenço, passando seu gesto brando sobre a cabeça com os cabelos finos, os fios brancos, pelo rosto com a pele enrugada. Soprava nos olhinhos de sagui, que piscavam nervosos. Vermelhos, inchados e úmidos.

O Último Camacã

Nunca tinha visto um deles de verdade. Só conhecia um ou outro que constava na foto da página de algum livro sobre a história do Brasil ou quando estava em alguma reportagem que eu tomava conhecimento na revista O Cruzeiro. Chegava do Rio de Janeiro mensalmente a revista, às vezes comentava na reportagem sobre a vida de algum povo indígena vivendo no interior do Brasil.

Assistia aos filmes sobre a conquista do oeste americano, exibidos no único cinema da cidade, aos domingos. Mostravam os nativos americanos, chamados peles-vermelhas, que atacavam de surpresa, aos gritos, os homens brancos com suas famílias, adentrando com as carroças na terra deserta, sob o sol causticante.

Bando deles na algazarra matava e queimava as carroças, carregando gente e os apetrechos da muda das famílias de desbravadores. Escalpelavam o cabelo das vítimas, nos cavalos nervosos o galope rápido, a terra estremecida, de volta para a aldeia de seus povos, levando no escalpo o trunfo da vitória. As cenas selvagens mostravam que os peles-vermelhas eram uns animais agindo pelos instintos perversos, sem dó nem piedade quando atacavam a gente branca, que penetrava o oeste hostil, em marcha lenta, com as suas famílias.

Mereciam que fossem vingados pelas matanças que cometiam quando atacavam uma expedição de colonizadores brancos adentrando o oeste americano, no período da conquista e povoamento. Tinha vez que até o exército americano participava da cena para combater com arma branca e bala de fuzil o bando daqueles guerreiros selvagens, armados com faca e lança, arco e flecha, alguns até já manejando a repetição.

Quando fiquei grande foi que me dei conta de que eles assim procediam, cheios de coragem nas veias e ódio nos olhos, como uns bandos de famintos e sedentos, para matar o homem branco porque não havia saída, precisavam defender o seu território, que ia sendo usurpado e usado pelos invasores para que ali fossem instaladas as fazendas de criatório de gado.

Eles viviam à sua maneira, com os seus costumes herdados dos antepassados, conformados com a vida imposta pela natureza, sem querer tomar dos outros extensões de terra que não lhes pertenciam. Matavam a caça necessária para se alimentarem, aproveitavam a pele do bisão e de outros grandes animais do chão, para fazer as tendas e suas vestimentas. Cuidavam e vigiavam o seu território contra qualquer invasor. Era uma questão de sobrevivência quando matavam os brancos invasores, melhor morrer lutando pelo que lhes pertenciam desde tempos imemoriais do que perder suas terras para o colonizador e, no final, também morrer.

Como disse, nunca tinha visto um indígena de verdade. Soube que um deles se encontrava na cidade através do amigo, que morava no sobrado ao lado de minha casa.

– Sabe da novidade?

– Não.

– Apareceu um Camacã lá no rio.

– De verdade?

– Verdadeira.

– Onde ele está morando?

– Na Ilha do Jegue.

Inquieto com a notícia que me foi dada pelo amigo, apressado fui com ele até a beira do rio. Queria conferir se a notícia não era uma brincadeira de mau gosto armada por meu amigo. No caminho, já me perguntava por que apenas apareceu um deles quando se sabe que existem muitos deles que viviam numa aldeia, lá para as bandas do Camacã.

Quando lá cheguei, à margem do rio, vi com os próprios olhos que se tratava de um indígena de verdade. Foi pura emoção conhecer aquele que apareceu de repente, em carne e nervo, sem ninguém esperar ou pensar que isso pudesse acontecer um dia. Foi surpreendente meu encontro com ele, momento mágico, maravilhoso de uma história com lance imprevisível. A cena acontecia com o chão fugindo dos meus pés. Não usava cocar feito com penas de tucano. Nem usava enfeites nos braços e pernas com penas de arara. Não tinha o beiço de baixo furado e metido por ele um osso, como uma vez eu tinha visto na revista. Ao invés de tanga, uma calça de mescla azul arregaçada nas pernas até o joelho. O peito nu. Era alto, tinha braços compridos, musculosos, mãos grandes. Lábios grossos, cara achatada, cabelos pretos, finos, crescidos, amarrados atrás com um cordão grosso, dando ideia de um pequeno rabo de cavalo.

Passou a morar na Ilha do Jegue, que ficava no meio do rio, tempos atrás quando a cidade era um povoado tinha sido até um estábulo do seu primeiro dono, diziam os mais velhos. Com a passagem dos anos, ficara com o tamanho reduzido a um estirão de terra, devido às águas sucessivas das cheias, que passavam enraivecidas, lambendo os barrancos, na frente e pelos lados. De onde ele tinha vindo? Meu amigo, que era um menino metido a saber das coisas, disse que veio da Reserva Paraguaçu-Caramuru, que ficava a cerca de algumas léguas da vila de Pau-Brasil. Devia ter cometido algum malfeito na aldeia e foi colocado pelo cacique para fora. O meu amigo acrescentou que o pai tinha fazenda de pecuária lá naquelas bandas. Uma vez ele foi de jipe com o pai até a Reserva Paraguaçu-Caramuru conhecer aquela gente que vivia no mato. Trouxe de lá um cocar, que o pai comprou do cacique e deu de presente para ele, que estava fazendo aniversário naquele mês de janeiro.

O meu amigo foi logo desmentido. O que acabara de contar era pura conversa fiada. Segundo a professora, na aula de geografia e história, aquele indígena pertencia aos Pataxós, que viviam com seu povo na selva do Camacã, um povoado que surgiu com os acampamentos armados pelos forasteiros no meio da mata. A professora havia informado também que os homens derrubavam as árvores nativas com o machado para que a madeira de lei fosse aproveitada como tábua, barrotes, peças, esteios e estacas. Com a derrubada das árvores grandes, a mata foi sendo raleada. Com o desmatamento apareceram as clareiras e, ao mesmo tempo, a caça desaparecia. Os indígenas tinham dificuldade para encontrar o que comer nas matas onde a caça ia cada vez mais desaparecendo com a presença dos machadeiros.

Observara a professora que, em contato com os homens na derrubada das árvores nativas, eles foram pegando sarampo e gripe, doenças que não conheciam. Como remédio feito com folha e raiz não curava aquelas doenças que foram trazidas pelos machadeiros, iam morrendo da noite para o dia. Dizimados pelas doenças dos brancos, talvez só restasse da aldeia apenas aquele que acabava de aparecer na cidade e estava morando na Ilha do Jegue, lá no meio do rio.

Os outros meninos ficaram sorrindo com o que acabava de contar o mais franzino da turma, aquele pixote que um dia ia se tornar escritor para narrar histórias de gente grande e pequena acontecidas na região com suas vilas e cidades, que iam surgindo com a derrubada das matas. Justamente naquele tempo que gente forasteira chegava de todas as partes para povoar aquelas terras férteis, de solo virgem para a implantação de lavouras de pequena ou grande duração.

Ele não falava, o tempo todo tinha o rosto fechado. Os olhos pretos quase imóveis. Do barranco gostava de ficar olhando o rio em sua passagem mansa. Pegava o arco, esticava-o e disparava a flecha, que subia feito um raio, sumia e ia cair na ilha, lá longe. Os meninos ficavam pasmados, abrindo a boca e fazendo óóóóó! Só um homem como aquele, com força descomunal, era capaz de fazer tamanha proeza. Um homem habilidoso no manejo do arco e flecha, que tivesse a pontaria certeira como a dele.

Um dia, ele me surpreendeu, mostrando o rosto tomado por um sorriso. Ele tinha acabado de avistar um gavião lá no alto do céu. A ave soltava pios estridentes e seguia soberana no voo, avançando pelos pedaços iluminados do céu, rumo às serras que cercavam uma das partes da cidade, no outro lado do rio. Nesse dia, o céu estava muito azul e brilhava feito um espelho, com poucas nuvens gordas. Nesse mesmo instante em que ele havia avistado o gavião, disse alguma coisa numa fala que não se entendia, como se fosse feita de ruídos, grunhidos ou talvez gemidos. O que ele falara era por causa do gavião que avistara, não havia dúvida, os olhos dele brilhavam na direção da ave que foi sumindo num ponto longínquo. O que seria que ele queria dizer no momento que avistou o gavião atravessando o céu alagado de azul?

De dia era visto nadando e mergulhando nos poços mais fundos. Tinha um fôlego que deixava admirada gente grande e pequena. Saía de dentro das águas longe do lugar em que havia mergulhado. Quando vinha à tona, trazia o peixe espetado na lança. Nadava veloz, atravessava o rio sem precisar descansar em alguma pedra, proeza que homem algum da cidade conseguia fazer. À noite via-se a fogueira acesa por ele, perto da cabana erguida numa das extremidades da ilha. Em pouco tempo se tornou no fato mais importante da cidade, através de comentários constantes, entre gente adulta e meninos, face às façanhas mais incríveis que só ele fazia.

Para tristeza minha e de outros meninos, desapareceu de repente como havia aparecido, sem ninguém esperar ou pensar que isso fosse acontecer um dia.

Inocência sem Flor

A história do Brasil pode ser considerada pelo lado do negro com três "pês": pão, pano, pancada. Pelo lado do indígena, entram nessa história feita de assombros nas caçadas humanas três "emes": missa, miçanga, mato.

Capítulos dessa história, impregnada de usurpação e açoite, dizem que o Brasil Colonial formou uma dívida com o negro e o indígena que de tão grande nas léguas da desgraça tornou-se impagável.

Em algumas paragens desse Brasil continental, pisado pelo colonizador ávido, chegou-se ao ponto de terem desaparecido populações indígenas que viviam em perfeito entendimento com a natureza, tirando dela apenas o necessário para a sobrevivência.

Às vezes, escuto vozes que rolam dos longes nesses rastros da desgraça. Como acreditar? Houve uma mancha que envergonha. A fuga em desespero tingiu a manhã do horror na taba queimada. Por entre sombras do que não se apaga, remorso não existiu dos que feriram os hábitos da inocência irmanados com o verdor da mata, dizimaram a aldeia, forjaram a chacina, denominando as cenas insanas de façanhas.

Quem saberá quantos ventos na fuga de uma gente sem rumo entoaram lamentos de uma triste música? Gemidos produzidos nas entranhas da selva impenetrável? Como se nada de horror acontecesse num mundo que amanhecia cheio de passaradas, brilhos e fragrâncias.

Pasmem os céus, até hoje sentimentos que escorrem em dó e lágrima ressurgem desses rastros que machucam. Tive conhecimento que a virgindade de meninas indígenas vale pouco, muito pouco, em São Mateus, município localizado nos confins do braço norte do território do Japará. Lá um homem branco compra a virgindade de uma menina indígena também com aparelho celular, peça de roupa de marca e com uma caixa de bombom.

As mães das vítimas pediram à polícia há um ano para apurar o caso. Nenhum suspeito foi preso até agora.

Doze meninas já prestaram depoimento. Elas relataram que foram exploradas sexualmente e indicaram nove homens como os autores do crime. Entre eles, há comerciantes locais, um ex-vereador, um médico chamado Pedro de Deus, um farmacêutico, dois sargentos e um açougueiro.

As vítimas vivem na periferia de São Mateus do Japará, município de baixa renda, que vive das atividades agrícolas, com base em lavouras primárias, de pouca duração, nas estações temperadas de sol e chuva. São Mateus do Japará tem quase cem por cento da população formada por gente indígena. Calcula-se que a população seja de quinze mil pessoas.

Entre as meninas exploradas, há as que foram ameaçadas pelos suspeitos. Algumas foram obrigadas a se mudar para casa de familiares, na esperança de ficarem seguras. O repórter da revista "O Planeta" ficou interessado pelo caso logo que tomou conhecimento.

Conversou com algumas dessas meninas. Criou inicial fictícia para cada uma delas, querendo com isso dificultar a identificação.

B, de 12 anos, conta que vendeu a virgindade para um vereador. O acerto, afirmou, ocorreu por meio de uma prima dela, que é também adolescente.

"Ele me levou para o quarto e tirou minha roupa. Foi a primeira vez, fiquei depois sem saber o que fazer."

A menina informou que uma amiga dela esteve duas vezes com um comerciante.

"Na primeira vez, ela também foi obrigada. Ele deu um celular."

Já L, de 11 anos, disse que ela e outras meninas ganharam chocolates, dinheiro e roupa de marca em troca da virgindade. Como aconteceu com as outras na primeira vez, ela foi também obrigada. Recebeu trinta reais e uma caixa de chocolates.

Outra menina, S, de 13 anos, disse que presenciou encontros de sete homens com meninas de até dez anos.

"Eu vi meninas passando aquela situação, sem poder fazer nada." Comentou que eles sempre dão dinheiro em troca disso (da virgindade).

Ela aceitou falar ao repórter porque já tinha denunciado tudo à polícia federal. Sabia que o pior podia acontecer, mas não tinha medo de nada.

"O homem que me usou primeiro falou que se continuasse denunciando eu iria junto com ele pra cadeia."

A mãe de S disse que, se ela abrir a boca, o homem que tirou a virgindade da filha vai mandar matar ela.

Não é difícil imaginar que a menina S tinha os olhos sumidos no rosto sem brilho, durante a entrevista que deu ao repórter de "O Planeta".

Quase não saiu o que disse no final:

"Na primeira vez senti as coxas doloridas. A boca com um gosto de coisa ruim. Depois fiquei triste".

Longe da Taba

1

"Está vendo alguma coisa aí?", ele perguntou. Vulcano Brás e Edivina percebiam que eles estavam próximos em razão dos pios com que se comunicavam à distância. Escondiam-se por trás das árvores, de lá observavam os movimentos do homem e da mulher. Vulcano Brás cantava:

Se ficar o bicho come,
Se correr não vai dar pé,
Eu me chamo Vulcano Brás
Pro que der e vier.

De primeiro eles atiravam flechas, que caíam no terreiro. Sinal visível de que não aprovavam a presença de estranhos em suas terras. Não foi difícil conseguir a amizade. Foram deixados presentes nas trilhas da mata, junto das árvores: espelho, fita, pente, colar, perfume. Apareceram no dia em que Vulcano Brás pegou o pífano de taboca, que havia sido dado a ele pelo avô paterno. Desde cedo aprendera com o avô paterno a tocar o pífano de taboca.

Apreciaram a música que saía do pífano de taboca como por encanto. Vieram ouvir de perto. Tinham enfeite nas pernas. Não faziam caso de cobrir nem mostrar suas vergonhas. Um deles trazia o beiço de baixo furado e metido por ele um osso branco. Os cabelos finos e escorridos. Olhos rasgados. Um cocar de penas de tucano na cabeça. Parecia que era o cacique. Vulcano Brás ofereceu fumo de corda. Ensinou como fazer cigarro de palha. O fumo picado com a faquinha na mão, enrolado na palha e fechado com cuspe. Fumaram, beberam, falaram por sinais, sorrindo de vez em quando. Só paravam de beber cachaça para escutar a música no pífano de taboca.

Eles traziam a caça abatida, cotia, mutum, macuco. A caça deixada às escondidas, junto à porta, com a própria flecha que era abatida. Dois deles aprenderam a manejar a enxada, o facão e o machado. Ajudaram a Vulcano Brás fazer uma roça de mandioca, com as mudas que eles mesmos trouxeram.

2

Contou que certa vez o homem chamado Vulcano Brás enxotou seu povo das terras deixadas pelos antepassados. Era muito comum os da aldeia serem recuados pelos invasores da sua terra para outros locais longes, onde existia pouca caça e não existia muita água. Lembrava como se fosse agora. Chegou montado num cavalo negro, tão negro como a noite mais negra, a jagunçada formando um cinturão em torno dele, as repetições engatilhadas. Ele disse que aqueles bichos selvagens eram os invasores das terras dele, saíssem logo de onde nada lhes pertencia. Eles não quiseram sair, os jagunços mataram, os que não quiseram morrer correram para a selva.

Queimaram a aldeia, mataram quase todos, o rio correu sujo de sangue. Ele era um curumim, tomou até um tiro, pegou de raspão, não morrendo porque Tupã foi cuidadoso quando fugiu.

De lá pra cá, veio levando a vida trabalhando nas roças do fazendeiro criador de gado. Passou fome com mulher e filhos, às vezes trabalhando doente. O boi do fazendeiro engordando na terra que era dele, desde não sei quando, ocupada pelos antepassados, os filhos pegando doença, ficando magro, murchando. Com a mata derrubada para servir de pastagem, teve que caçar passarinho para sobreviver. A mulher ia pescar no ribeirão para remediar o de-comer. Um dia, entendeu de guiar caminhão. Ingressou na companhia de ônibus. Foi o tempo que passou melhor com mulher e filhos.

3

Mas nunca havia esquecido o que certa vez dissera Baetá, a mulher mais velha da aldeia.

"A gente toma pancada, morre de sofrimento, mas não trabalha pra branco como escravo."

Queria de volta as terras dele para reunir seu povo de novo na aldeia Pinajá. Não tinha dinheiro neste mundo que comprasse as suas terras, onde estão enterrados os antepassados, o tempo guardou as festas da aldeia, as mulheres, os curumins, a vida de todos os irmãos da natureza com os bichos de carreira e de voo.

Podia servir de adubo das suas terras, se matarem ele dessa vez, delas não ia sair mais com o povo da sua aldeia quando elas forem reconquistadas.

4

Vivia de uma aposentadoria modesta. Sozinho. A mulher faleceu pouco depois que eles se mudaram para a cidade. Os quatro filhos estão espalhados pelo mundo.

5

Camacã chega bêbado quando vem do Armazém Tem de Tudo onde vai fazer pequenas compras. Na sua casa, modesta, que fica num bairro do subúrbio, chega em estado pior, tropeçando nas pernas.

Mar de Sangue

Nesse tempo a Vila de Ilhéus tinha poucos moradores. Colonos, uns negros, a indiada era pouca, mansa, rua de areia. A Vila espremida entre mar e mata fechada, cheia de bicho, morada do gentio espalhado nas terras Brasis. Povo tupinambá vivia na beira do mar, pescava, caçava. Não derrubava a mata, cabrucava, plantava lavoura de mandioca, milho. Não matava árvore no plantio.

Respeitava o verde, o sono antigo da mata. Nunca envenenou a água, o ar, matou o bicho com o filhote. Cura com folha, raiz de mato, andava nu, não tinha vergonha disso. Tem sua crença, gosta de cantar, dançar, brincar, falar com a natureza, fazer farinha, cauim, bebida extraída da mandioca, plantar arroz, milho, feijão, tecer cesta, rede de dormir.

Dia e noite a mata era a mesma, tudo escuro, perigo com o bicho ardiloso armado de garra, dentes afiados, pulo preciso, oculto na folha, veneno escorregadio, bote traiçoeiro, mosquito zoando na febre, picando na morte. Moravam na oca sem nada temer. Desde os ancestrais, como morador da terra com a mata fechada onde havia o gentio, mais o bicho de pena, mais o que anda na terra.

A terra é sagrada pro tupinambá. Seu lar, sua vida, seu coração, sua alma, seu saber. Tupinambá ama a natureza, protege, não queima. A natureza alimenta, não se vinga. Só tira o necessário pra sobreviver. Tupinambá não quer vender, ganhar com o produto da terra. Divide com os outros. Sem a mata ninguém respira, não tem árvore pra chamar nuvem, chuva não desce do céu, verde não brota, tudo enfraquece, a aldeia esmorece. Os bichos desaparecem, tupinambá fica só, a alma vazia ferindo a boca, a mata sem vozes, tudo deserto por dentro, silêncio pegando feito visgo, chamando a morte. A natureza ferida não dá fruto, tupinambá sem caça, peixe desaparece.

O massacre foi no Cururupe. A notícia diz de expedição do branco preparada dois meses. O massacre durou trinta dias. Trezentas aldeias queimadas. Pássaro distante canta no meu peito, fuga, grito sem rumo certo, curumim, mulher, velho, o horror do sol vendo corpos esquartejados, sangria desatada, bala na fome do tiro, lâmina na sanha do golpe, dança inocente banida da taba até o último gemido.

Nesse tempo a aldeia de Olivença só tinha casa de barro onde tupinambá morava. Não era como uma zona turística de hoje.

Tupinambá gosta do amor, receber amor, não ser maltratado. No começo povo tupinambá vivia bem com o branco. Aimoré nunca quis, atacava. Tupinambá ensinou branco fazer roça de mandioca, milho, arroz, feijão, rede, canoa. Derrubou árvore, rica de grandeza, pra agradar branco, a natureza demora tempos pra fazer uma. Trabalhou de graça, ajudou branco nas roças. Ganhou fita, fumo, bebida, miçanga, pente, espelho. Mãos em dias de riso. Rindo tupinambá, rindo branco. Tupinambá pensando branco ser amigo. Tupinambá confiava. Havia paz nesses confins. Tupinambá trabalhava de graça nas roças de branco.

Branco matou um tupinambá. Não teve punição pro matador. Tupinambá esperou justiça do branco. Não houve. Tupinambá não se conformou. Matou dois fazendeiros. Os brancos alardeados fugiram pra sede da Vila dos Ilhéus. Animados por covardia de branco, tupinambás perseguiram, invadiram a sede da Vila, cercaram o forte no outeiro.

Povo branco acovardado, acuado, muitos dias na Vila. Levaram recado pro Governador, brancos cercados na Vila, passando fome, morrendo. Um sobrinho do Governador havia sido morto por outro povo noutra capitania. Governador reuniu o Conselho. Decidiu seguir pra Ilhéus, com homens munidos de farta arma, afiado gume. Olhos sanguíneos, ódio no peito. Vontade abrasada de ferir, matar, acabar com raça de tupinambá.

– Esses tupinambás vão ver com quem se meteram agora! – disse o Governador, voz lançando da garganta petardo de granada.

Abaixo vai transcrito o relato do massacre dos nadadores, segundo o testemunho do Governador:

"Neste tempo veio recado ao Governador como o gentio Tupiniquim da Capitania de Ilhéus se alevantava e tinha morto muitos cristãos e destruídos e queimados todos os engenhos dos lugares e os moradores estão cercados e não comiam senão laranjas e logo pus em conselho e posto que muitos eram que não fosse por ter poder para lhes resistir nem o poder do Imperador fui com pouca gente que me seguiu e na noite que entrei em Ilhéus (Capitania) fui a pé em uma aldeia que estava a sete léguas da vila em alto pequeno toda cercada de água ao redor de lagoas e as passamos com muito trabalho e antes da manhã duas horas dei na aldeia e destruí e matei todos os que quiserem resistir e na vinda vim queimando e destruindo todas as aldeias que ficaram atrás e por que o gentio se ajuntou e veio me seguindo ao longo da praia lhes fiz algumas ciladas onde os cerquei e lhes foi forçado deitaram a nado no mar da costa brava. Mandei outros silvícolas atrás deles e que habitavam a região de Itaparica e Camamu e eram inimigos mortais dos Tupinambás e gente solta que os seguiram perto de duas léguas e lá no mar pelejaram que nenhum Tupinambá ficou vivo, e todos os trouxeram à terra e os puseram ao longo da praia por ordem que tomavam os corpos perto de uma légua, vieram pedir misericórdia e lhes dei pazes com condição que haviam de ser vassalos de Sua Alteza e pagar tributo e tornar a fazer engenhos. Tudo aceitaram e fizeram e ficou a terra pacifica em espaço de trinta dias, onde fui à minha custa dando mesada a toda pessoa honrada e também digo boa, como é notório".

Os que sobraram pediram clemência:

– Não nos matem mais! Faremos o que quiserem.

O Governador comemorou à noite a façanha. Armaram palanque ao largo da Igreja de Nossa Senhora da Vitória. Enfeitaram com bandeirolas o pátio. Tocaram hinos pátrios. O Governador discursou, foi chamado de herói. Sinos repicaram em louvor da santa da vitória, estavam todos certos disso.

– Ficai calmos. De agora em diante, eles são nossos escravos, não haverá mais levante, isso vos asseguro, o recado foi bem dado.

Aplaudiram, soltaram foguetes, deram vivas ao Governador, agradecido pelo reconhecimento do feito. A vida seguiu nesses confins. Mancha que envergonha rolando nas ondas onde o massacre horrendo se deu, sem querer o sol viu. Ondas ardendo de raiva, espumas de sangue na areia não querendo sumir do meu peito. Vozes em pânico no meu ouvido.

Cobiça do branco cresceu. Resistência do tupinambá não cedeu. Tupinambá prefere morrer a largar sua terra onde desde os ancestrais vive em comunhão perfeita com a natureza. Tupinambá quer a natureza intacta, cheia de cantos, estações temperadas de sol e chuva, alegre como passarinho, bondosa, comida e água pura pra todos. Não quer derrubar mata, negociar madeira, pegar doença de branco, fabricar comida enlatada, quer viver nesses ares verdes como eu e você.

Reconheço, de corpo e alma, sou porção da natureza. Vem dos antepassados meu aprendizado. Bem de longe odores vindos do mato virgem. Da abelha zumbindo ouro, formigas de folhinha em folhinha, onça protegendo a cria, matando pra sobreviver, mas com ordem. Vem do beija-flor beijando a flor. Do pássaro mergulhando, saindo com o peixe içado no bico. Da canoa oscilando no mar, voltando carregada de peixe pra todos na aldeia.

Desde que chegaram os forasteiros, ventos gemeram. Desde os primeiros, o que era livre foi sendo abatido. No lugar das águas cristalinas foram deixando muito lixo nas boninas. Não importa morrer. Viver com a mãe terra é preciso.

A OBRA DO AUTOR

Ficção

- **Os Brabos**. Rio de Janeiro: Editora Civilização Brasileira, 1979; 2. ed., Brasília: Ler Editora, 2013. Prêmio Afonso Arinos da Academia Brasileira de Letras.
- **Duas Narrativas Rústicas**, contendo os contos *Inocentes e Selvagens*, Prêmio Miguel de Cervantes, da Casa dos Quixotes, Rio de Janeiro, para autores dos países de língua portuguesa (1968), e *Coronel, Cacaueiro e Travessia*, que foi um dos quatro finalistas do Prêmio Internacional da Revista *Plural*, México (1981), Editora Cátedra, Rio de Janeiro, 1985.
- **Os Recuados**. Porto Alegre: Editora Tché!, 1987. Prêmio Nacional Jorge Amado do Centenário de Ilhéus, Prefeitura Municipal de Ilhéus (1981); Prêmio Nacional Leda Carvalho da Academia Pernambucana de Letras (1983); Menção Honrosa do Prêmio Jabuti da Câmara Brasileira do Livro (1988).
- **Berro de Fogo e Outras Histórias** (antologia pessoal). 2. ed. Ilhéus, BA: Editus, Editora da Uesc, 2013. Prêmio Vânia Souto Carvalho (2002), da Academia Pernambucana de Letras.
- **Natal das Crianças Negras**. História em seis idiomas. Bahia: Editora Livro.com, Lauro de Freitas, 2011.
- **Os Ventos Gemedores** (romance). Taubaté, SP: Editora Letras Selvagens, 2014. Prêmio Nacional Pen Clube do Brasil (2015).
- **O Velho e o Velho Rio** (contos e novelas). São Paulo: Editora Escrituras, 2016.
- **Histórias de Encanto e Espanto**. São Paulo: Editora Penalux, 2019. Prêmio Literário Nacional Cidade de Manaus.
- **Nada Era Melhor** (romance da infância). Ilhéus, BA: Editus, Editora da Uesc, 2019. Coleção Infância Livre.
- **Pequenos Corações** (contos). Ilhéus, BA: Editus, 2019. Coleção Infância Livre.
- **República Pinapá do Piripicado** (romance transgressivo). Ibicaraí, BA: Via Litterarum, 2022.

Crônica

· **O Mar na Rua Chile**. Ilhéus, Bahia: Editus, Editora da UESC, 1999. Finalista do Jabuti, 2000.

· **Alma Mais que Tudo**. Brasília: LGE Editora, 2006.

· **O Velho Campo da Desportiva**. Brasília: LGE Editora, 2010.

· **Um Grapiúna em Frankfurt**. São Paulo: Dobra Editorial, 2013.

· **Gabriel García Márquez e Outras Crônicas**. Ilhéus, BA: Editus, Editora da UESC, 2021.

Poesia

· **Cantiga Grapiúna**. São Paulo: Editora GRD, 1981.

· **No Lado Azul da Canção**. Rio de Janeiro: Editora Cátedra, 1984.

· **Lavrador Inventivo**. Rio de Janeiro: Editora Cátedra, 1984.

· **Viagrária**. São Paulo: Editora Rosiwta Kempf, 1988.

· **Cancioneiro do Cacau**. Rio de Janeiro: Ediouro Publicações, 2002. Prêmio Nacional Ribeiro Couto, da União Brasileira de Escritores, Rio (1997); Terceiro Prêmio Nacional Emílio Moura, da Academia Mineira de Letras (2003); Finalista do Jabuti (2003); Segundo Prêmio Internacional de Literatura Maestrale Marengo d'Oro, Gênova, Itália (2006).

· **Os Enganos Cativantes**. EGBA/FUNCEB, Salvador, 2002. Coleção Letras da Bahia.

· **Vinte poemas do rio**. 3. ed., bilíngue. Tradução de Manuel Portela para o inglês. Ilhéus, BA: Editus, 2003.

· **Canto a Nossa Senhora das Matas** / *Gesang Auf Unsele Liebe Frau von Den Wäldern*. Tradução de Curt Meyer Clason. Salvador: Fundação Casa de Jorge Amado, 2004.

· **De Cacau e Água** / *Of Cacao and Water*. Tradução de Fred Ellison. Salvador: Edições Macunaíma, 2006.

· **Poemas Escolhidos** / *Poesie Scelte*. Tradução de Mirella Abriani. São Paulo: Escrituras Editora, 2007. Segundo Prêmio Internacional de Literatura Maestrale Marengo d'Oro, para obra inédita, (2006).

· **Vinte e Um Poemas de Amor**. São Paulo: Dobra Editorial, 2011.

· **Ecológico** (antologia). Salvador: Editora da Universidade Estadual da Bahia (EDUNEB), 2013. Coleção Nordestina.

- **Onde Estou e Sou** / *Donde Estoy y Soy*. Antologia, português-espanhol. Tradução de Alfredo Pérez Alencart. Brasília: Ler Editora, 2013.
- **A Casa Verde e Outros Poemas**. Itabuna, BA: Editora Mondrongo, 2014.
- **Poemas Ibero-americanos**. Salvador: Fundação Casa de Jorge Amado, 2016. Casa de Palavras.
- **Poemas de Terreiro e Orixás**. Belo Horizonte: Mazza Edições, 2019.
- **O Discurso do Rio**. Ilhéus, BA: Editus, Editora da UESC, 2019. Coleção Infância Livre.
- **Canto até Hoje** (obra poética reunida). Salvador: Fundação Casa de Jorge Amado, 2020. Coleção Casa de Palavras. Prêmio Jorge Portugal, FUNCEB/Lei Aldir Blanc.
- **Devoto do Campo**. Ilhéus, BA: Editus, Editora da UESC, 2021.
- **Guitarra de Salamanca**. São Paulo: Editora Espelho d'Alma, 2022.

Ensaio

- **A Anotação e a Escrita**. Ibicaraí, BA: Editora Via Litterarum, 2016.
- **As Criações de Adonias Filho**. Rio de Janeiro: Publicações Academia Brasileira de Letras, 2017.
- **Prosa e Poesia no Sul da Bahia**. Ibicaraí, BA: Editora Via Litterarum, 2020.
- **Kafka, Faulkner, Borges e outras solidões imaginadas**. Maringá, PR: EDUEM, Editora da Universidade Estadual de Maringá, 2021.
- **Os Saberes nas Narrativas de Jorge Amado**. Salvador: Editora ALBA/ Fundação Casa de Jorge Amado, 2022.

Literatura Infantojuvenil

- **O Menino Camelô**. 12. ed. São Paulo: Atual Editora, 1991. Prêmio da Associação Paulista de Críticos de Artes (1992).
- **Palhaço Bom de Briga**. Porto Alegre: Editora L&PM, 1993.
- **O Circo do Cacareco**. São Paulo: Editora Saraiva, 1998.
- **Histórias do Mundo que Se Foi**. 4. ed. São Paulo: Editora Saraiva, 2003. Prêmio Adolfo Aizen, da União Brasileira de Escritores, Rio de Janeiro (1997).
- **O Goleiro Leleta e Outras Fascinantes Histórias de Futebol**. São Paulo: Editora Saraiva, 2005. Prêmio Hors Concours Adolfo Aizen, da União Brasileira de Escritores, Rio de Janeiro (2003).

· **O Menino e o Boi do Menino**. São Paulo: Editora Biruta, 2007.

· **O Menino e o Trio Elétrico**. São Paulo: Editora Atual, 2007. Prêmio Maria Alice de Lucas, da União Brasileira de Escritores, Rio de Janeiro (2008).

· **Roda da Infância**. Belo Horizonte: Editora Dimensão, 2009.

· **Lorotas, Caretas e Piruetas**. Belo Horizonte: Editora RHJ, 2011. Prêmio Alice Maria da Silva, da União Brasileira de Escritores, Rio de Janeiro (2012).

· **O Que Eu Vi Por Aí**. São Paulo: Editora Biruta, 2014.

· **Oratório de Natal**. Edição ampliada. São Paulo: Duna Dueto, 2014.

· **O Circo no Quintal**. Ibicaraí, BA: Editora Via Litterarum, 2014.

· **Minha Turma Agora Dorme**. Ibicaraí, BA: Editora Via Litterarum, 2015.

· **Minha Feira Tudo Tem Como Onda Vai Vem**. Ibicaraí, BA: Via Litterarum, 2015.

· **A Poesia É Um Mar, Venha Comigo Navegar.** Ilhéus, BA: Editus, Editora da Uesc, 2022. Coleção O Menino Poeta

· **Existe Bicho Bobo?** Ilhéus, BA: Editus, Editora da Uesc, 2022. Coleção O Menino Poeta.

· **Responda Certo, Se For Esperto.** Ilhéus, BA: Editus, Editora da Uesc, 2022. Coleção O Menino Poeta.

· **Tiquinho de Ternura.** Ilhéus, BA: Editus, Editora da Uesc, 2022. Coleção O Menino Poeta.

· **A Poesia de Calça Curta.** *I*lhéus, BA: Editus, Editora da Uesc, 2022. Coleção O Menino Poeta.

No Exterior

· **Vinte Poemas do Rio**. Edição inglês-português. Tradução de Manuel Portela. Coimbra, Portugal: Editora Palimage, 2005.

· **Ecológico** (antologia). Coimbra, Portugal: Editora Palimage, 2006.

· **Poesie della Bahia** / *Poesia da Bahia* (antologia). Bilíngüe. Tradução de Mirella Abriani. Varese, Itália: Editora Runde Taarn, 2008.

· **Zwanzig Gedichte von Rio und andere Gedichte** (antologia). Tradução de Curt Meyer Clason, Halle, Alemanha: Projekte-Verlag, 2009.

· **Canti della terra e dell'acqua** / *Cantos da terra e da água* (antologia). Tradução de Mirella Abriani. Milão, Itália: Editora Romar, 2010. Prêmio Internacional Leodegário Azevedo Filho, da União Brasileira de Escritores, Rio de Janeiro (2010).

· **De Tes Instants dans le Poème** / *De Teus Instantes no Poema* (antologia). Tradução de Pedro Vianna. Paris, França: Editions Du Cygne, 2012. Coleção Poesia do Mundo. Prêmio Internacional Jean Paul Mestas, da UBE/ Rio (2013).

· **Il Bambino e il Trio Elétrico**. Tradução de Mirella Abriani. Milão, Itália: Editora Romar, 2013.

· **Vinte e Um Poemas de Amor**. Coimbra, Portugal: Editora Palimage, 2013.

· **Poemas Ibero-Americanos**. Palimage, Portugal, 2016.

· **Poesie Brasiliene della Bahia**. Tradução de Mirella Abriani. Roma, Itália: Editore Aracne, 2017.

· **Donde Estoy y Soy**. Tradução de Alfredo Pérez Alencart. Madri, Espanha: Editorial Verbum, 2017.

· **Il Bambino Camelô**. Tradução de Antonella Rita Roscilli. Roma, Itália: Editore Aracne, 2018.

· **Natale dei Bambini Neri**. Racconti, edizione in sei lingue. Roma, Itália: Aracne Editrice, 2018.

· **O Discurso do Rio**. Coimbra, Portugal: Editora Palimage, 2020.

· **Guitarra de Salamanca**. Madri, Espanha: Editorial Verbum, 2022.

Este livro foi composto em Minion Pro e impresso
no papel Pólen 80g/m^2 (miolo) e papel Cartão 250 g/m^2 (capa),
no mês de outubro de dois mil e vinte e três.